Oh! dúvida cruel

Priscila Arida Velloso

Oh! dúvida cruel

2ª EDIÇÃO

EDITORA RECORD
RIO DE JANEIRO • SÃO PAULO

2000

CIP-Brasil. Catalogação-na-fonte
Sindicato Nacional dos Editores de Livros, RJ.

Velloso, Priscila Arida
V553o Oh, dúvida cruel / Priscila Arida Velloso. – 2ª ed.
2ª ed – Rio de Janeiro: Record, 2000.

ISBN 85-01-05646-4

1. Perguntas e respostas. 2. Curiosidades e maravilhas. I. Título.

CDD – 036.9
99-1377 CDU – 030

Ilustrações: Glauco
Projeto gráfico: Porto + Martinez

Impresso no Brasil

ISBN 85-01-05646-4

PEDIDOS PELO REEMBOLSO POSTAL
Caixa Postal 23.052
Rio de Janeiro, RJ – 20922-970

A meus filhos Paula, Kika e Nando.

01 Por que quase nunca vemos filhotes de **pomba**?

02 Você sabe como surgiu a **Lei de Murphy**?

03 Por que se diz **erro crasso**?

04 Por que as **facas** comuns à mesa têm pontas arredondadas?

05 Você sabe de onde vem a palavra **hermafrodita**?

06 Por que não conseguimos provocar **cócegas** em nós mesmos?

07 Por que as **bolinhas de tênis** são peludas?

08 Por que não se consegue **"varrer"** da face da Terra as malditas baratas?

09 Por que se diz **"santo do pau oco"**?

10 Você sabe de onde surgiu a **capoeira**?

11 Você sabe o que significa o logotipo da **BMW**?

12 Você sabia que **Júlio César** não foi imperador de Roma?

13 Você sabe por que se diz **"vai dar zebra"**?

14 Por que em toda propaganda de relógio a hora é sempre **10h10**?

15 Você sabe por que o **diamante** é tão valorizado comercialmente?

16 Por que os **queijos suíços** têm buracos?

17 De onde surgiu a expressão **O.K.**?

18 Por que sempre acordamos no meio da noite com um pernilongo **zumbindo** em nossos ouvidos?

19 Por que o bocejo é **contagioso**?

20 Você sabe que o **gás de cozinha** na verdade não tem cheiro?

21 Por que os efeitos da **queimadura solar** são mais evidentes depois de vinte e quatro horas após a exposição solar?

22 Por que o **xixi** da cadela deixa a grama amarela e o do cão não?

23 Você sabe por que os **sinais de trânsito** têm as cores verde e vermelha dispostas verticalmente?

24 Como os **protetores solares** bloqueiam o sol?

25 Por que os remédios **efervescentes** "fervem"?

26 Você sabe que a **traça** adulta não come roupa?

27 De onde vem a palavra **salário**?

28 Você sabe por que algumas pessoas têm **covinhas** e outras não?

29 O que significa a estrela de três pontas, símbolo da **Mercedes-Benz**?

30 Você sabe de onde vêm os famosos chapéus-**panamá**?

31 Você sabe de onde vem o nome **Brasil**?

32 Você já reparou como é difícil chamar uma pessoa que está **deitada na praia**?

33 Você sabe como os **pingüins** se protegem do frio polar da Antártida?

34 Você sabe qual a origem da palavra **bar**?

35 Por que é costume o noivo carregar a **noiva** no colo antes de entrar no quarto?

36 Qual a origem da **caipirinha**?

37 Você sabe como foi composto o grito do **Tarzã**?

38 Você sabia que a **suástica** não foi criada pela Alemanha Nazista?

39 Por que se chama **Pacífico** o mais temível dos oceanos?

40 Por que as **saladas** temperadas murcham?

41 Você sabia que o **vidro** na verdade é um líquido?

42 Por que os **ingleses** dirigem com o volante do lado direito e pela mão esquerda?

43 Por que o **Mar Vermelho** tem este nome?

44 Por que os gatos **arqueiam** a coluna quando vêem um cão?

45 Você sabia que **fandango** não é só nome de salgadinho?

46 Por que os **relógios** em algarismos romanos usam IIII no lugar de IV?

47 Por que varia a **cor** das flores e frutos?

48 Por que se chama de **barbeiro** o inseto transmissor do Mal de Chagas?

49 Por que se diz que os nobres são pessoas de **sangue azul**?

50 Por que se diz: **fazer a sesta**?

51 De onde vem a palavra **talento?**

52 Por que se usa **fibra ótica** nas telecomunicações?

53 O que dá coloração aos **fogos de artifício**?

54 Você sabe como a **opala** produz seu brilho característico?

55 Quem foi a mulher que inspirou o nome do **carro** mais cobiçado do mundo?

56 Você sabia que os **astronautas** voltam mais altos do espaço?

57 O que é **laser**?

58 Por que em **Portugal** existem tantas pessoas com o mesmo nome?

59 Por que se diz **"água na boca"**?

60 Você sabe qual a função da **língua das cobras**?

61 Por que as **maçãs** escurecem quando cortadas?

62 Você sabe por que o **bêbado** se desequilibra?

63 Você sabe qual a origem da palavra **"suíte"**?

64 Como se enrola um rolo de **fita adesiva**?

65 Você sabe qual a função da **barba do milho**?

66 Você sabe a história do **fusca**? Confira.

67 Qual a origem da palavra **bunda**?

68 Por que o nome da doença é **dengue**?

69 Você sabe o que significa a estrela branca na extremidade das canetas **Mont Blanc**?

70 Você sabe que as **tulipas** não se originaram na Holanda?

71 Você sabia que a mulher que vai à frente do **Rolls-Royce** existiu realmente?

72 Quem inventou a **internet**?

73 Por que as pessoas **olham para cima** quando estão pensando?

74 Por que os **japoneses** comem com pauzinhos?

75 Por que as pessoas adquirem **rugas** com o passar dos anos?

76 O que acontece quando uma **formiga** se vê separada da colônia?

77 Você sabe como surgiu a palavra **boicote**?

78 Você sabe o que é **medicina ortomolecular**?

79 Você sabe qual é realmente o formato das **gotas de chuva**?

80 Você sabe como diferenciar um animal **carnívoro** de um herbívoro?

81 Por que **Napoleão** andava com a mão no peito?

82 Você sabia que o **bambu** não é uma árvore?

83 Você sabia que a **ferrugem** não é a responsável pelo tétano?

84 Como o milho vira **pipoca**?

85 Qual a origem da denominação **24 quilates** para o ouro?

86 Por que sentimos **frio** após o banho?

87 Por que o **louva-a-deus** junta as pernas em posição de reza?

88 Qual a origem da marca de carros **Subaru**?

89 Quando começou a **cirurgia plástica**?

90 Você já pensou na origem do nome de algumas **raças** dos cachorros?

91 Você sabe como age o desodorante **antiperspirante**?

92 Como sobrevivem os **peixes** em um lago congelado?

93 Por que as mulheres são mais sensíveis às **bebidas alcoólicas** do que os homens?

94 Como é possível encantar as **serpentes**?

95 Por que o leite cria **nata**?

96 Por que a maioria dos homens divide o **cabelo** do lado esquerdo?

97 Como funciona o **soro da verdade**?

98 O que é o **déjà vu**?

99 Você sabe o que significa **Yin e Yang**?

100 Se há muitos cães **miniaturas**, por que não existe nenhum gato miniatura?

101 Você **sabe** desde quando os brasileiros **"rebolam"**?

102 Como se contam as **calorias** dos alimentos?

103 Recite mentalmente a poesia da **"batatinha"** e depois compare com a forma correta que é dada a seguir:

104 **Febre**: amiga ou inimiga?

105 Qual a origem do nome **Adidas**?

106 Você sabe qual a origem da palavra **forró**?

107 Como se dividem os **cordões umbilicais** dos gêmeos?

108 Por que algumas galinhas botam **ovos** brancos e, outras, bege?

109 Por que o **escaravelho** é considerado um amuleto?

110 Por que sai fumaça da **boca** quando faz frio?

111 Por que as **baianas** usam panos brancos amarrados na cabeça?

112 Você sabe realmente o que é **tribufu**?

113 Por que a última jogada do xadrez chama-se **xeque-mate**?

114 Por que se chama **gandula** o pegador de bola?

115 Por que muitos **idosos**, especialmente aqueles sem dentes, constantemente apresentam o movimento de mastigação?

116 Por que vemos **miragens** no asfalto?

117 Por que os cães **babam**?

118 O que significa **Nokia**, a famosa marca de telefones celulares?

119 Por que adormecem algumas **extremidades** do corpo?

120 Por que as mulheres abrem a boca quando passam **rímel** nos olhos?

121 Por que os **bebês** dormem tanto?

122 Qual a origem do costume de se **bater na madeira**?

123 Você sabia que as formigas **saúvas** não comem folhas?

124 Quais as bebidas que causam as piores **ressacas**?

125 Você sabe por que se diz: **para inglês ver**?

126 Por que a picada de pernilongo **coça**?

127 Você sabe a origem do nome **"caran d'ache"**?

128 Você sabe como surgiu o **Jeep**?

129 De onde vem a palavra **sadismo**?

130 Você sabe como surgiu o grupo **Vigilantes do Peso**?

131 Você sabe quando o **cigarro** perdeu seu *glamour*?

132 Por que as **unhas** das mãos crescem mais rápido do que as dos pés?

133 Por que as **veias** são azuis se o sangue é vermelho?

134 Quando surgiu o **ursinho de pelúcia**?

135 O que são alimentos **transgênicos**?

136 Por que as pessoas gostam tanto do **banho de espuma**?

137 Por que em países de clima quente a **comida típica** é sempre apimentada?

138 O que é **rastafári?**

139 Você sabe qual a origem do **caratê**?

140 As flores podem renovar a provisão de **néctar** que as abelhas sugam?

141 Como se obtém **vinho branco** extraído de uvas escuras?

142 Você sabe como surgiu a primeira **vacina**?

143 Por que 1º de maio é o **Dia do Trabalho**?

144 Por que as **baratas** fogem quando a luz é acesa num ambiente escuro?

145 O que são **cristais líquidos**?

146 Por que os **escoceses** usam saias?

147 Você sabe por que o **Big Ben** tem este nome?

148 Por que os bebês **piscam** menos que os adultos?

149 Por que os **camaleões** mudam de cor?

150 Por que a agulha da **bússola** sempre aponta para o norte?

151 O que determina o tamanho dos ovos que as **galinhas** põem?

152 Você sabe por que **cobrimos** a boca quando bocejamos?

153 Por que os homens possuem o **“pomo-de-adão”**?

154 Você sabe a origem do nome **nicotina**?

155 Por que o cocô do passarinho é **bicolor**?

156 Você sabe o que é o **âmbar**?

157 Você sabe qual é a diferença entre os alimentos ***diet*** e ***light***?

158 Você sabia que o **enforcado** não morre por asfixia?

159 Quando surgiu a revista ***Playboy***?

160 Você sabe o que é **arte conceitual**?

161 Você sabe **qual** a origem da palavra ***grunge***?

162 Você sabe **qual** a origem dos **robôs**?

163 Você **sabia** que **Einstein** não foi um bom aluno?

164 Como foi concebido o **perfume** mais famoso do mundo?

165 Como os astronautas se aliviam no **espaço**?

166 Por que o **leite** sobe quando ferve?

167 Por que o **telefone celular** tem este nome?

168 Por que a pele **enruga** após um banho prolongado?

169 Por que nunca alcançamos o **arco-íris**?

170 Por que os **doces portugueses** são sempre à base de gemas?

171 Você sabe qual a origem do **bonsai**?

172 Você sabe quem inventou a **camiseta**?

173 Desde quando existe a revista ***Vogue***?

174 Qual origem da palavra **assassino**?

175 Qual a origem do nome **Toyota**?

176 Por que os **cozinheiros** usam chapéus altos e brancos?

177 Por que a garrafa de **champanhe** tem uma reentrância no fundo?

178 Como surgiu o **Impressionismo**?

179 Por que enjoamos em **alto-mar**?

180 Você sabia que **Van Gogh** não decepou totalmente sua orelha?

181 Como funciona um **piano**?

182 Como surgiu o **bumerangue**?

183 O que é uma **"instalação"** como forma de arte?

184 Quem inventou a **banheira**?

185 Por que se diz **amor platônico**?

186 Como surgiu o nome **Häagen-Dasz**?

187 Como os **grilos** conseguem "cantar"?

188 Por que os **bombeiros** quase não trabalham na Bolívia?

189 Por que o **azul** é associado a meninos e o **rosa** a meninas?

190 De onde vem a palavra **estresse**?

191 Por que algumas pessoas **rangem** os dentes enquanto dormem?

192 Por que as notas musicais são chamadas de **dó ré mi fá sol lá si**?

193 Por que uma pessoa é chamada de **lacônica**?

194 Você sabia que a **tuberculose** não afeta só os pulmões?

195 Você sabe por que se diz **"Maria vai com as outras"**?

196 Você sabe o que são **gárgulas**?

197 Qual a origem da palavra **gravata**?

198 Por que a **fumaça** do cigarro sobe reta e depois se espalha?

199 Por que as baratas sempre morrem de **costas**?

200 Por que a **água do mar** é mais quente de noite que de dia?

201 **Por que** nunca se comem **ovos de perua**?

202 Você **sabia** que a **vodca** não é feita de batatas?

203 **Quem** inventou o **silk screen**?

204 **Qual** a cor da **"caixa preta"** dos aviões?

205 **Qual** a origem do nome **Audi**?

206 **Por que** ninguém fica indiferente a um **gato**?

207 **Por que** as **aranhas** não ficam presas nas próprias teias?

208 **Por que** a **ferradura** é considerada um amuleto da sorte?

209 **Como** funciona a **"luz negra"**?

210 **O que é** um **Kremlin**?

211 **O que é** um **buraco negro**?

212 Por que fechamos os olhos ao **espirrarmos**?

213 Qual a origem do nome **Vaticano**?

214 Qual a origem do **velcro**?

215 Você sabe como surgiu o logotipo da **Apple**?

216 Por que alguns **insetos** andam sobre a água?

217 Por que em algumas fotografias tiradas com **flash**, a pupila fica avermelhada?

218 Qual a história do carro **Lamborghini**?

219 Saiba como a história tratou esta eterna tentativa de escolha: **menino** ou **menina**?

220 Qual a origem da marca **Nike**?

221 Qual a maneira correta de se comer **caviar?**

222 Você conhece as **Leis de Murphy**?

Prefácio

Quem tem medo de perguntar?

Sempre tive pequenas curiosidades. Quando eu estava na Universidade e fazia esse tipo de pergunta, olhavam-me como se fosse bobo. Por exemplo, por que o *hot dog* tem esse nome? Afinal, alguém já comeu um cachorro quente, a não ser os chineses? Qual seria o sabor? E um *poodle* quente deve ter um gosto bem diferente de um dálmata, por exemplo. Certamente, o nome não veio de nenhum entendido em culinária cachorrística. Muita gente diz que pensar nessas coisas é pura perda de tempo. Mentira. A maioria das pessoas não sabe responder perguntas desse tipo e empina o nariz para disfarçar a falta de conhecimento.

O fato é que grandes teorias surgiram das pequenas curiosidades do dia-a-dia. Se ninguém tivesse perguntado por que as coisas caem no chão, talvez não se descobrisse a lei da gravidade. E assim por diante...

O livro de Priscila vem preencher essa lacuna. É repleto de informações deliciosas. Gostosas de saber, de comentar... Mas também atiça a cabeça da gente. Basta viajar em suas páginas para descobrir que tudo tem uma explicação. Cada nome possui sua história, cada hábito tem sua razão de ser. Não dá somente as respostas, mas ensina a não ter medo de fazer perguntas.

Não tenho dúvidas: será o primeiro de uma série. As pequenas curiosidades não acabam nunca. E, se existem perguntas impossíveis, Priscila vai dar um jeito de responder.

WALCYR CARRASCO

Introdução

Dúvidas, para que te quero!

Ao longo da vida, somos bombardeados com tantas informações que esquecemos de pensar na razão de ser das coisas. Aceitamos sem questionar milhares de conceitos, dogmas e regras. Na verdade, tudo tem uma origem, uma razão, um porquê, os quais muitas vezes se perderam na história. E as coisas se complicam porque quase sempre há mais de uma versão sobre o que de fato se passou. Movida pela curiosidade, resolvi pesquisar uns tantos hábitos e expressões. E com o tempo verifiquei que as dúvidas não eram só minhas. Espero que Você se divirta lendo este livro! E se Você tiver mais dúvidas cruéis, escreva para o e-mail duvidacruel@hotmail.com Adoraria poder expandir este trabalho a partir de suas impressões e sugestões. ESCREVA !!!!!

Agradecimentos

A lista de pessoas que me ajudaram é quase tão longa quanto a lista das minhas dúvidas!

Começo pelos meus médicos queridos: Dr. Francisco Fiore, Prof. Dr. Antônio Carlos Lopes, Dr. Laudelino de Oliveira Ramos, Prof. Dr. Rolf Gemperli, Profª. Dra. Rosana Cunha, Dr. Eugenio Pimentel, Prof. Dr. Baptista Muraco e Prof. Dr. Raul Cutait.

Depois, por pessoas que, sem me conhecer, deram exemplos de gentileza e atenção que jamais esquecerei: José Augusto Pompéia, Laura Tetti, Juca Kfouri, Pedro Gnaspini e Marcelo Miller.

Last but not least, os amigos: Malu Egner Borges, Sue Lacombe, Marina e Raphael Casson, Claudia Davis, Luciana e Mari Botter, Eduardo Barbosa de Oliveira, Alberto Olavo Advincula Reis, Glauce Botelho, Sophia Tess, Jim Crosslin, Denise Farah, Cassio Camargos, Nelly Arida, Regina Von Christian, Suzy Solon, Marcia e Rubem Moraes, Ana Judith Monteiro de Barros F. Velloso, Salim Arida, Augusto Carlos Ferreira Velloso, Cecília Mattos Morello, Rubem Dualibi, Claudia Antinori, José Roberto Teixeira Leite, Silvia e Moisés Wurcelman, Manoel Francisco do Nascimento Brito, Sonia Von Brusky, Eduardo França, Apparecida Kerbeg, Claudia de Souza, Eduardo Machado de Almeida e Roberto Dualibi.

Gostaria ainda de fazer um agradecimento especial pela paciência e ajuda, a meu marido Ricardo, a meu primo e mentor à distância, Martim Arida, a meu querido irmão sem o qual este livro não existiria, Persio Arida, e a minha grande incentivadora Maria Alice Solon Arida. Um beijo também para a Alicinha, minha mãe.

Por que quase nunca vemos filhotes de **pomba**? (01)

As pombas-bebês têm um metabolismo extremamente rápido, ingerindo alimento numa proporção quase equivalente ao seu peso corporal todos os dias. Os filhotes crescem tão rapidamente que, quando suas mães os mandam embora do ninho, já alcançaram (ou quase) o tamanho adulto.

Você sabe como surgiu a **Lei de Murphy**? (02)

Edward A. Murphy Jr. foi um engenheiro da Força Aérea Americana, responsável por um projeto em que se media tolerância humana a aceleração excessiva, em 1949.

Num dos testes era necessário colocar 16 sensores em diferentes locais do corpo de um piloto de provas. Havia duas maneiras de colocar os sensores e alguém metodicamente instalou todos os 16 da maneira errada. Ao checar o que havia acontecido, Murphy formulou a lei, que na forma correta e original é: Se há duas ou mais maneiras de fazer alguma coisa e uma delas pode resultar em catástrofe, alguém o fará dessa maneira.

Por que se diz **erro crasso**? (03)

Crasso foi membro do primeiro triunvirato romano juntamente com Pompeu e Júlio César. Era um político medíocre, ambicioso e interesseiro. Tomou a ofensiva na Síria contra os Partos, mas foi derrotado por um erro grosseiro de estratégia militar, que lhe custou a vida. Daí o significado de erro crasso.

04 Por que as **facas** comuns à mesa têm pontas arredondadas?

As facas tinham pontas afiadas até o século XVII, quando o então famoso Cardeal Richelieu, extremamente minucioso e requintado, desaprovou o comportamento de um irritante convidado que usou a ponta da faca para "palitar" os dentes. No dia seguinte Richelieu ordenou ao seu camareiro que arredondasse todas as pontas das suas facas. Seu estilo acabou se espalhando por toda a França e para o Ocidente.

05 Você sabe de onde vem a palavra **hermafrodita**?

Hermafrodita era um deus da mitologia grega, filho de Hermes e Afrodite, conhecido por sua extrema beleza. Conta o mito que a ninfa aquática Salmacis apaixonou-se por ele, porém seu amor não foi correspondido. Ela então implorou aos deuses que unissem seu corpo ao do jovem deus para sempre, e os deuses atenderam o seu pedido. Os gregos acreditavam que qualquer um que se banhasse na fonte de Salmacis viraria um hermafrodita.

O nome passou a definir aquele que possui as características sexuais de homem e mulher, simultaneamente.

Por que não conseguimos provocar **cócegas** em nós mesmos? 06

Porque a capacidade de prever as conseqüências das nossas próprias ações faz o cérebro reagir diferentemente a um auto-estímulo. Ou seja, se você sabe que vai sentir cócegas, pois é você mesmo quem as está provocando, deixa de senti-las.

Segundo alguns estudos, acredita-se que uma região do cérebro, o cerebelo, seja responsável por prever as conseqüências sensoriais de nossos próprios movimentos. Neste caso, o cerebelo detecta sinais para cancelar as respostas sensoriais interpretadas como cócegas, quando produzidas pela própria pessoa.

Por que as **bolinhas de tênis** são peludas? 07

A mais importante razão para existir o feltro recobrindo a bolinha de tênis é que ele ajuda a criar uma desaceleração da mesma. O feltro cria uma resistência maior do ar, diminuindo não só a altura do pulo dado pela bolinha, como sua velocidade.

O feltro também contribui para amortecer o impacto da bolinha junto às cordas de náilon da raquete, dando mais segurança e controle às jogadas.

08 Por que não se consegue "**varrer**" da face da Terra as malditas baratas?

Porque aquela barata comum caseira, marrom, voadora chamada *Periplaneta americana*, sobrevive até três meses sem comida e trinta dias sem água (conforme a umidade relativa do ar). Pode depositar ao longo de sua vida, que dura em média cerca de um ano e meio, de 8 a 10 ootecas (bolsas que contêm de 10 a 16 ovos). Ou seja, uma prole de mais ou menos 150 baratinhas. Por esta razão as baratas são insetos pré-históricos, habitando impunemente a Terra há mais de 400 milhões de anos.

09 Por que se diz "**santo do pau oco**"?

Porque, no começo do século XVIII, os mineradores mandavam fazer santos ocos de madeira para poder esconder ouro dentro deles. A grande religiosidade do povo impedia que os guardas, que ficavam nas barreiras, quebrassem as imagens para ver o que havia dentro. Esta foi a maneira encontrada na época para burlar o Quinto: imposto cobrado sobre o volume de ouro extraído das minas. A expressão se refere portanto àquele que não é nenhum santo.

10 Você sabe de onde surgiu a **capoeira**?

Capoeira é o nome de uma espécie de gaiola ou cesto, na qual os escravos transportavam aves domésticas, entre elas capões (daí o nome "capoeira"), para serem vendidas no mercado.

A luta, de origem africana, recebe este nome porque, nos intervalos das vendas, os escravos praticavam este tipo de jogo de destreza, despertando a atenção dos espectadores pela graça e beleza dos movimentos. Esses escravos passaram então a ser conhecidos como capoeiros e o jogo, como "luta capoeira".

Você sabe o que significa o logotipo da BMW? 11

A BMW — *Bavarian Motoren Werke* — inicialmente fazia motores para aviões, e no seu logotipo colocou de forma estilizada uma hélice de avião vista de frente. A cor azul é uma alusão à cor tradicional da Bavária, e ajudou a dar a noção de movimento ao logotipo.

Você sabia que Júlio César não foi imperador de Roma? 12

Júlio César não foi imperador de Roma como muita gente acredita. Nunca houve imperadores romanos antes de sua morte em 44 a.C., até que seu sucessor, Augusto, tornou-se o primeiro imperador romano. Júlio César, renomado general romano, estadista, político, orador e escritor, foi apontado como ditador romano. Depois de sua morte, os cinco primeiros imperadores retiveram o título de César como símbolo de respeito, admiração e autoridade.

13 Você sabe por que se diz "vai dar zebra"?

Como sabemos a zebra não figura entre os 25(vinte e cinco) bichos do jogo do bicho. Em 1964, um treinador de futebol muito galhofeiro garantiu a todos os repórteres que, naquele ano, a Portuguesa seria campeã carioca de futebol.

"Vai dar zebra", dizia ele. Os repórteres adoraram a brincadeira e o termo, passaram a usá-lo e divulgá-lo, tanto no esporte quanto na política ou em qualquer acontecimento inesperado.

Por que em toda propaganda de relógio a hora é sempre **10h10**? (14)

Porque esta simetria entre os ponteiros, adotada mundialmente, foi a melhor maneira de se evidenciar e emoldurar a marca do relógio, seja ela qual for.

Você sabe por que o **diamante** é tão valorizado comercialmente? (15)

O diamante é o mineral mais duro da terra. Formado a altas temperaturas a muitos quilômetros de profundidade no subsolo, sua extração a partir de minas na África do Sul, o grande produtor da atualidade, é custosa. Tem uso industrial mas a parcela preponderante da demanda vem da sua utilização em jóias por conta de seu brilho excepcional e durabilidade.

Por que os **queijos suíços** têm buracos? (16)

Estes buracos ou olhos, como prefere chamar a indústria suíça, são formados pela expansão de gases emitidos por bactérias introduzidas no processo inicial da fabricação do queijo. Esta bactéria, além de formar os buracos, ajuda a cura do queijo e lhe confere um odor inconfundível.

17 De onde surgiu a expressão **O.K.**?

De "Tudo Certo" em inglês. Na verdade seria "all correct"; mas para diferenciar da sigla A.C. também usada para "alternating current" (corrente alternada), os habitantes de Boston no começo do século passado preferiram o O.K. de "oll korrect", uma gíria para dizer a mesma coisa.

A sigla foi usada como *slogan* em 1840, numa campanha presidencial, divulgando-a por todo o país.

Hoje é com certeza a mais conhecida expressão de origem norte-americana que percorre o mundo, O.K.?

18 Por que sempre acordamos no meio da noite com um pernilongo **zumbindo** em nossos ouvidos?

Esta pequena sinfonia entomológica se deve a dois fatos distintos:

A fêmea do pernilongo tem o poder de detectar um animal de sangue quente através do dióxido de carbono que produzimos quando respiramos. Além da cabeça ser uma região muito irrigada, é geralmente a parte do corpo que fica para fora das cobertas. Daí os pernilongos ficarem revoando sobre nossas cabeças antes de nos escolher como vítimas.

Por que o bocejo é **contagioso**? (19)

O bocejo é um dos maiores mistérios do comportamento humano e animal, desafiando várias teorias. A mais difundida é de que o bocejo serve para aumentar a entrada de oxigênio no organismo ou para nos livrarmos do excesso de dióxido de carbono no nosso sistema. O bocejo está sempre relacionado ao sono, a situações entediantes ou estados de relaxamento. Ninguém boceja quando está com medo, em perigo ou sob tensão. O fato é que o bocejo "pega". Piaget observou que os bebês bocejam, porém não se contagiam, só depois dos dois anos. E por que ocorre o contágio: por empatia, ato reflexo? Ninguém sabe ao certo.

E você, não está com vontade de bocejar agora, está?

Você sabe que o **gás de cozinha** na verdade não tem cheiro? (20)

O gás de cozinha, também conhecido como GLP — gás liquefeito de petróleo — é absolutamente inodoro quando produzido. Por questões de segurança, ao gás se adiciona uma substância de cheiro desagradável, geralmente um sulfeto orgânico, para que possa ser detectado qualquer vazamento, dando origem ao famoso "cheiro de gás".

21 Por que os efeitos da **queimadura solar** são mais evidentes depois de vinte e quatro horas após a exposição solar?

A queimadura solar não passa de uma lesão na pele, causada pela exposição à radiação ultravioleta. O ápice da queimadura aparece entre 15 e 24 horas após a exposição, dependendo de uma série de fatores fisiológicos. A vermelhidão que observamos, clinicamente chamada de eritema, não é a queimadura em si, mas sim o fluxo de sangue à superfície da pele, acelerado pela dilatação dos vasos, numa tentativa de reparar as células lesadas. Com isso, alguns capilares se rompem, causando microemorragias que contribuem para o efeito.

22 Por que o **xixi** da cadela deixa a grama amarela e o do cão não?

Existe uma diferença básica: os cães fazem xixi em pequenas quantidades, várias vezes ao dia, levantando a pata traseira e molhando paredes, troncos e postes. O cheiro da urina serve para delimitar o seu território, afastando os outros machos. As cadelas fazem o xixi todo de uma só vez. A quantidade de urina e sua acidez fazem com que a grama tenha aparência de queimada, descolorida.

Você sabe por que os **sinais de trânsito** têm as cores verde e vermelha dispostas verticalmente? 23

As cores verde e vermelha são herança das sinalizações ferroviárias. No início, a disposição era horizontal. No entanto, para os daltônicos, que têm dificuldade em vários graus de distinguir entre verde e vermelho, a configuração vertical é mais segura porque a iluminação ajuda-os a separar um sinal do outro. Foi para facilitar a vida dos daltônicos que se adotou o padrão vertical na disposição dos sinais.

Como os **protetores solares** bloqueiam o sol? 24

Os protetores solares contêm substâncias quımicas que absorvem ou refletem a radiação no espectro do ultravioleta. Quando os raios solares atingem sua estrutura química, uma transformação ocorre: a energia na forma de luz é convertida num tipo diferente de energia, o calor, que é liberado para o ambiente. Sem a proteção desses bloqueadores químicos, a radiação ultravioleta penetraria a pele, causando alterações (e conseqüentemente danos) nas células.

25 Por que os remédios **efervescentes** "fervem"?

Porque eles contêm uma reação química "suspensa": dois ou mais compostos que só reagem na presença da água. Geralmente um dos componentes é o bicarbonato de sódio e outro, o ácido cítrico. O bicarbonato reage em presença de água com o ácido, produzindo gás carbônico em profusão e dando a impressão de "ferver".

26 Você sabe que a **traça** adulta não come roupa?

As traças não comem roupa. O dano encontrado nos armários na verdade ocorre quando as larvas saem dos ovos e começam a se alimentar das fibras das roupas, geralmente lã ou peles. As traças propriamente ditas vivem por pouco tempo, e muito freqüentemente não comem nada enquanto na fase adulta.

27 De onde vem a palavra **salário**?

Do sal. Originalmente do vocábulo latino *salarium*. Os soldados romanos recebiam seu pagamento em sal, que depois trocavam por frutas, roupas, etc. Com o tempo *salarium* passou a significar soldo, ordenado, salário.

Você sabe por que algumas pessoas têm **covinhas** e outras não? (28)

As covinhas, que são na verdade uma falha anatômica, ocorrem nas regiões onde as fibras musculares estão ligadas às camadas mais profundas da pele, tais como nas bochechas ou no queixo. Por uma falha de desenvolvimento no tecido conectivo que une a pele ao osso, surgem as covinhas.

O que significa a estrela de três pontas, símbolo da **Mercedes-Benz**? (29)

A empresa começou fabricando triciclos motorizados, derivando depois para motocicletas, automóveis e até aviões. As três pontas da estrela-símbolo representam e indicam as três principais áreas de atuação da empresa: duas na terra e uma no ar.

Você sabe de onde vêm os famosos chapéus-**panamá**? (30)

Do Equador. O nome Panamá surgiu do fato de os chapéus serem usados por operários do canal do Panamá. Provavelmente os operários usavam um modelo básico do chapéu, de fabricação mais grosseira e preço acessível. Existem vinte tipos de chapéus-panamá, todos tecidos a mão com palha durante a noite, quando é mais fresco. O melhor de todos vem da cidade de Montecristi (Equador), demora até três meses para ser produzido, e custa US$ 1.000,00. Se for tratado como merece um artigo deste valor, pode durar vinte anos.

31 Você sabe de onde vem o nome Brasil?

O Brasil teve outros nomes antes do atual: Pindorama, Ilha de Vera Cruz, Terra Nova, Terra dos Papagaios, Terra de Vera Cruz, Terra de Santa Cruz, Terra de Santa Cruz do Brasil e, só em 1527, Brasil.

Brasil porque, nos primeiros anos da sua colonização, era extraída de suas matas o pau-brasil. O nome tem a ver com a cor vermelha do tronco, do qual se extraía um corante (cor de brasa) usado para tingir tecidos e fabricar tintas para escrever. A exploração foi tanta que hoje a árvore típica da Mata Atlântica dificilmente é vista fora das reservas nacionais.

32 Você já reparou como é difícil chamar uma pessoa que está deitada na praia?

A pessoa custa a ouvir o chamado porque o calor da areia "empurra" o ar para cima, tornando-o rarefeito junto ao chão. Como o som caminha através do ar, a voz sobe para onde tem mais ar, impedindo a pessoa que está deitada de ouvir claramente.

Você sabe como os pingüins se protegem do frio polar da Antártida? 33

Dançando, com seu gingado característico, formam um caracol. Os primeiros da fila vão para o centro, onde ficam aquecidos pelo calor do corpo dos outros pingüins e também protegidos do vento gelado. Logo depois fazem o caminho de volta, alternando com os pingüins que estavam no final da fila e ficaram do lado externo do caracol, portanto no frio.

Além disso, os pingüins possuem uma camada de gordura embaixo de suas penas, que não deixa o calor escapar.

Você sabe qual a origem da palavra bar? 34

A palavra bar vem do francês, *barre* (barra, em português).

No século XVIII, as tabernas francesas tinham, ao longo de todo comprimento do balcão, uma barra, para evitar a aproximação dos clientes.

Nesta época era comum jovens americanos irem estudar na França. Alguns deles eram assíduos freqüentadores da noite. Conta a história que dois desses estudantes americanos de regresso aos Estados Unidos resolveram abrir um bar, nos moldes franceses: bebidas servidas em copos no balcão e a grande inovação da barra ao longo dele. A palavra foi se divulgando até formar o termo bar.

35 Por que é costume o noivo carregar a **noiva** no colo antes de entrar no quarto?

Na Roma antiga havia o costume de untar óleo à porta, já florida, da nova moradia. A noiva era então carregada casa adentro por dois amigos do noivo, evitando o constrangimento de um tropeço na soleira untada. O noivo a aguardava dentro da casa. O ritual garantia um futuro isento de maus fluidos.

36 Qual a origem da **caipirinha**?

Caipirinha é a consagrada bebida nacional, e está criando cada vez mais adeptos em todo o mundo, talvez por ser mais doce do que a "marguerita" e mais potente do que a maioria dos drinques tropicais. Sua origem data da época da escravidão no país, século XVI.

Após um dia extremamente quente gasto na colheita de cana, os escravos matavam a sede com a cachaça, bebida destilada da cana de açúcar. Esta poderosa poção rapidamente se tornou a bebida preferida dos trabalhadores, que acabaram por incrementá-la com açúcar e limão, surgindo assim a famosa "caipirinha".

Você sabe como foi composto o grito do Tarzã? 37

O famoso e incrível grito produzido por Johnny Weissmuller na figura de Tarzã não era totalmente de sua autoria. Era uma combinação de diversos sons, incluindo o seu próprio grito, um dó agudo de uma soprano e um uivo de hiena gravado em fita e reproduzido de trás para frente.

Você sabia que a **suástica** não foi criada pela Alemanha Nazista? 38

A suástica não foi inventada por Hitler ou pela Alemanha Nazista. A palavra se origina no sânscrito e o símbolo já vinha sendo usado na antigüidade como representação de prosperidade e boa sorte por povos polinésios e índios do continente americano antes que os europeus descobrissem o Novo Mundo. Só veio a ser usada em 1919 na bandeira do Partido Socialista Nacional, quando se tornou símbolo oficial do Terceiro Reich.

Por que se chama **Pacífico** o mais temível dos oceanos? 39

Porque seu descobridor foi o navegador português, Fernão de Magalhães, que em 1519 partiu da Espanha para se aventurar na exploração do novo mundo. Como Fernão de Magalhães foi preservado de qualquer adversidade em sua viagem, deu o nome de Pacífico ao oceano, sem jamais avaliar que sua descoberta era o maior e mais violento de todos os oceanos.

40 Por que as **saladas** temperadas murcham?

Por experiência própria você já deve ter observado que, temperadas com antecedência, as verduras murcham. Através do fenômeno da osmose, definido como a passagem de solvente (no caso, a água contida nas células da verdura) para um meio mais concentrado (o tempero contendo sal), a tendência é de se chegar a um equilíbrio de concentrações entre os meios. Assim, havendo o contato prematuro com o tempero, a água celular das folhas é atraída para a solução hipertônica do tempero, e ocorre o murchamento da verdura.

41 Você sabia que o **vidro** na verdade é um líquido?

Apesar do vidro parecer um sólido e certamente quebrar-se como um sólido, as propriedades físicas realmente o tornam mais semelhante a um líquido que a qualquer outra coisa. Tecnicamente, o vidro é considerado um líquido de alta viscosidade, de estrutura não cristalina dura, com orientação molecular similar à de um fluido. À temperatura ambiente, o vidro flui como qualquer outro líquido, mas como sua viscosidade é tão alta, esse movimento não é aparente.

Por que os **ingleses** dirigem com o volante do lado direito e pela mão esquerda? 42

Os duelos de cavalaria na Idade Média eram travados com a lança na mão direita. Quando dois viajantes se encontravam em uma estrada estreita, a prudência recomendava deixar o estranho à direita, para poder sacar a espada em defesa se necessário fosse. A tradição se manteve para os automóveis dos dias de hoje.

Por que o **Mar Vermelho** tem este nome? 43

Porque durante o verão no Mar Vermelho crescem milhões de minúsculas algas flutuantes (*Trychodesmium erytraeum*), cujo pigmento vermelho tinge superficialmente as águas, em várias partes deste mar, originando o nome.

Por que os gatos **arqueiam** a coluna quando vêem um cão? 44

Porque se sentem em situação de perigo. Arqueando a coluna apóiam as patas com mais equilíbrio, ao mesmo tempo eriçam os pêlos para parecerem maiores do que realmente são, numa tentativa de intimidar o inimigo.

45 Você sabia que **fandango** não é só nome de salgadinho?

Fandango é o nome de um bailado de origem espanhola de ritmo muito animado. Apresenta cerca de 30 danças, divididas em dois grupos: as batidas, exclusivas dos homens, e as valsadas, para os casais. Em outros estados do Nordeste brasileiro é chamado de marujada. Nos estados do Sudeste, fandango é um baile.

46 Por que os **relógios** em algarismos romanos usam IIII no lugar de IV?

Os primeiros relógios foram inventados no século XIV, quando imperava o modo romano de numeração. Os relógios eram geralmente expostos nas catedrais. A maioria dos camponeses romanos não conseguia fazer a subtração. Contavam as horas nos dedos. Quatro riscos para o número IV facilitavam, e muito, a vida dos camponeses.

Os relógios conservaram os algarismos romanos até hoje, para sugerir um toque de classe, um requinte de antigüidade. A ironia é que foi um sistema criado para camponeses incultos!

47 Por que varia a **cor** das flores e frutos?

Porque nas plantas existem diferentes pigmentos. Nas flores, as pétalas são simplesmente folhas modificadas, que não apresentam clorofila (pigmento verde), mas apresentam outros pigmentos, como as antocianinas, que são responsáveis pela gama de tons de vermelho, roxo e azul. Nos frutos, além das antocianinas, as cores são também definidas pelos carotenóides, substâncias lipídicas que se apresentam nas cores amarelo, laranja, laranja-avermelhado, etc.

Por que se chama de **barbeiro** o inseto transmissor do Mal de Chagas? 48

Porque o inseto pica geralmente o rosto da vítima, na região da barba e também na altura dos olhos. O nome da doença homenageia Carlos Chagas, responsável por uma das mais completas descobertas científicas do mundo: a doença, o parasita e o transmissor.

Por que se diz que os nobres são pessoas de **sangue azul**? 49

A Espanha foi ocupada e dominada pelos mouros (árabes muçulmanos) por alguns séculos.

Claro que isto revoltou a aristocracia da região de Castilha, que passou se autodenominar sangue azul. Evidentemente era uma maneira de discriminar os seus conquistadores, de pele morena, pois quanto mais clara a pele, mais azulada as veias parecem ser.

50 Por que se diz **fazer a sesta**?

Fazer a sesta, descansar ou repousar depois do almoço, é hábito que remonta aos antigos romanos. Chama-se sesta porque é a sexta hora do dia romano, iniciado às seis horas da manhã, o que ocorre até hoje em alguns países, que fecham o comércio na hora da sesta, só reabrindo-o no meio da tarde.

51 De onde vem a palavra **talento**?

A palavra talento nasceu de Talácon na Grécia, cidade que os romanos chamavam de Talentum. Nos primórdios, queria dizer balança, depois os pratos da balança e, por associação, o ato de pesar. Era adotado como unidade de peso pelos antigos hebreus, egípcios, gregos e romanos. Foi nesse período que o sentido da palavra começou a mudar: quem tinha talento era poderoso. E para possuir ouro ou prata, era preciso saber algo que ninguém mais sabia, ou ter o que pouca gente tinha. Mais tarde, como sabem os leitores de Asterix, o talento virou moeda e circulou em Roma e na Grécia. Tinham talento portanto as pessoas que se destacavam, como generais de exército ou senadores. Coisas da elite.

Por que se usa **fibra ótica** nas telecomunicações? (52)

Porque este novo tipo de cabo conduz sinais luminosos em alta velocidade. As velhas linhas telefônicas somadas ao uso crescente dos computadores ameaçavam entrar em colapso, com os cabos tradicionais.

O cabo é composto por um núcleo cilíndrico de aço ao redor do qual se dispõem fibras de vidro, separadas umas das outras por um tipo de revestimento, cuja função é impedir interferências. O cabo é flexível e resistente, inclusive em condições físicas adversas.

O que dá coloração aos **fogos de artifício**? (53)

Os fogos de artifício já existiam na antiga China no século IX, onde o salitre (nitrato de potássio), enxofre e carvão eram misturados para produzir efeitos deslumbrantes. A adição de sais de estrôncio produz chama escarlate, o bário produz o verde-amarelado, o bórax produz o verde enquanto o lítio produz o roxo.

Você sabe como a **opala** produz seu brilho característico? (54)

A presença de água no interior de todas as opalas, aliada à difração da luz a ao índice de refração, confere às pedras seus célebres e variados reflexos. Todas as opalas devem ser mantidas sempre umedecidas para que a água em seu interior não evapore, o que levaria à perda do brilho característico.

55 Quem foi a mulher que inspirou o nome do **carro** mais cobiçado do mundo?

Foi Mercedes Jellinek, a bonita filha de um influente diplomata e banqueiro austríaco, também distribuidor e mais tarde patrocinador do amigo Daimler, que junto com Benz fundou a empresa fabricante dos famosos automóveis Mercedes-Benz.

56 Você sabia que os **astronautas** voltam mais altos do espaço?

Quando ficam no espaço em missões prolongadas, os astronautas crescem até 5cm, pois suas colunas vertebrais não estão submetidas à força da gravidade e acabam se alongando. Ao retornarem à Terra, porém, os astronautas voltam rapidamente à altura original.

57 O que é **laser**?

Vedete em muitos concertos de rock, os raios laser são feixes de luz de diversas cores que cruzam o céu em linha reta, enfeitando a festa.

Laser significa: Light Amplification by Stimulated Emission of

Radiation (amplificação da luz por emissão estimulada de radiação). O *laser* é uma luz altamente concentrada e com um único comprimento de onda, capaz de viajar em linha reta até a Lua ou cortar o aço com grande precisão, produzindo finíssimas fatias ou perfurações. Suas fabulosas propriedades permitem aplicações muito diversas, que vão desde a fabricação de impressoras para computadores até as mais delicadas operações cirúrgicas.

Por que em **Portugal** existem tantas pessoas com o mesmo nome? (58)

Visando proteger o cidadão português e sua cultura, existe em Portugal uma lei que determina quais os nomes próprios possíveis para você dar ao seu filho. Não se podem misturar nomes ou criar novos; nomes estrangeiros devem ser traduzidos (daí rainha Elizabeth ou Margareth tornarem-se rainha Isabel ou rainha Margarida). A lista de nomes, sempre tradicionais e nacionais, é limitada — daí a freqüência de Antônio, João, Joaquim, Manoel, José Maria, Maria José, etc. entre os portugueses.

Por que se diz "**água na boca**"? (42)

A expressão que, no sentido figurado, significa "provocar desejo", tem por base a fisiologia animal. Ao estímulo exterior, o organismo responde com uma série de providências, num "ato reflexo" espontâneo. O cientista russo Pavlov descobriu, no início deste século, que os atos reflexos podem ser "treinados". Fazendo experiências com cães, fazia soar uma campainha cada vez que os animais eram alimentados. Com o passar do tempo, Pavlov notou que, mesmo se a comida não fosse apresentada, o mero som da campainha fazia com que os cães salivassem — a isso deu o nome de "reflexo condicionado".

60 Você sabe qual a função da **língua das cobras**?

A língua das cobras funciona como poderosa antena, uma vez que as cobras são completamente surdas e têm pouquíssima visão. Elas possuem um sentido químico auxiliar que é amplamente empregado na maioria das atividades. Através da língua, a cobra capta partículas de odor no ar, e transmite as informações do ambiente a um receptor sensorial chamado "órgão de Jacobson", localizado no céu da boca desse répteis. Além disso, a língua das cobras também consegue receber estímulos táteis. Assim, com a língua bifurcada projetada para fora, as cobras conseguem "tatear", sentir e cheirar o ambiente à sua volta.

61 Por que as **maçãs** escurecem quando cortadas?

Porque, quando a faca corta a fruta, danifica algumas células de sua estrutura, liberando enzimas que estavam preservadas dentro dela. Essas enzimas oxidam algumas moléculas, que se rearranjam em melanina colorida, escurecendo ou até deixando negras as frutas.

Você sabe por que o bêbado se desequilibra? (62)

Porque o álcool se infiltra através da corrente sangüínea, nas células do Sistema Nervoso Central, intoxicando-as. Estas células ficam “confusas” enviando ordens erradas para os músculos.

Você sabe qual a origem da palavra suíte? (63)

A palavra tem origem no francês e era usada na descrição da planta de uma casa: “la chambre ensuite la salle de bain”. Ou seja, o quarto seguido da sala de banho, o que acabou sendo reduzido para suíte na linguagem coloquial.

64 Como se enrola um rolo de **fita adesiva**?

Você provavelmente sabe como é complicado (e às vezes impossível) tentar enrolar a fita adesiva de volta no rolo: ela se torce, gruda no lugar errado, nos seus dedos, enfim, uma confusão. Como então os fabricantes conseguem este feito? O truque está em enrolar a fita antes dela ser cortada em pequenas tiras. Assim como o jornal roda na prensa, folhas de poliéster ou celofane de dezenas de centímetros de largura rodam por uma máquina onde, em vez de serem impressas, são cobertas com adesivo. Esta película pegajosa é aplicada a um longo tubo roliço, que é cortado por lâminas especiais em várias seções pequenas, formando assim o conhecido rolo de fita adesiva.

65 Você sabe qual a função da **barba do milho**?

Esses fiapos, que se estendem para fora em tufos, têm a função de servir como veículo de transporte do pólen, o qual é coletado fora da espiga, fertilizando-a no interior, formando os grãos.

Você sabe a história do **fusca**? Confira. 66

1 — Volkswagen significa em alemão Volk-povo Wagen-carro, portanto carro do povo. 2 — A Volkswagen foi criada por Hitler no terceiro Reich. 3 — O famoso carrinho, o Fusca, foi encomendado por Hitler a Ferdinand Porsche em 1935, que o desenhou e fez o primeiro motor refrigerado a ar. 4 — Ferdinand Porsche era um gênio também do design: o logotipo da Volkswagem é uma suástica com pequenas alterações, fato que fascinou Hitler.

Qual a origem da palavra **bunda**? 67

Alguns escravos que vieram da África para o Brasil, especificamente de Angola, pertenciam à tribo dos quimbundos. Os homens (e principalmente as mulheres) tinham as nádegas bem arrebitadas e avantajadas, o que causou a inevitável associação do nome da tribo com a forma física.

Por que o nome da doença é **dengue**? 68

A palavra dengue é de origem espanhola e significa dengoso ou requebro. O nome da doença vem da maneira com que os doentes, atingidos por fortes dores nos músculos e articulações, caminham: ou seja, requebrando.

69 Você sabe o que significa a estrela branca na extremidade das canetas **Mont Blanc**?

Mont Blanc é o nome da mais alta montanha da Europa. Fundada em Hamburgo, Alemanha, a fábrica criou a linha Mont Blanc em 1913, patenteando então sua marca. A estrela branca simboliza o pico nevado da montanha. As estrelas brancas coroam as tampas de canetas, lapiseiras e cordas dos relógios, mas só nas canetas-tinteiro e na lateral de relógios de pulso têm gravado o número 4810, que corresponde à altura da montanha.

70 Você sabe que as **tulipas** não se originaram na Holanda?

As tulipas não se originaram na Holanda. São nativas da Ásia Central, particularmente da Turquia, de onde foram levadas para a Europa e Holanda na metade do século XVI. A palavra tulipa não é sequer de origem holandesa, mas provém do turco "tülbent" e significa turbante.

71 Você sabia que a mulher que vai à frente do **Rolls-Royce** existiu realmente?

Lord de Montagu, ao receber seu Rolls-Royce feito à mão, notou que ao mesmo faltava um mascote (tampa de radiador) mais imponente.

Apaixonado que era por sua linda secretária, Eleonor Thorton, encomendou ao famoso escultor Charles Sykes uma escultura que representasse sua amada sentindo o vento e a "música" do motor daquele fantástico automóvel.

Assim foi feita a escultura Memory of Ecstasy, aproveitada até hoje pela Rolls-Royce para enfeitar seus carros.

Quem inventou a **internet**? (72)

A internet foi criada no final dos anos 60, quando o exército norte-americano ligou os computadores militares aos do governo. Esta complexa rede foi criada para que, se em caso de guerra algum computador fosse destruído, as mensagens pudessem ser enviadas através das linhas intactas.

Por que as pessoas **olham para cima** quando estão pensando? (73)

Isto faz parte da neurofisiologia. Dependendo da posição para qual o olho está se movendo, diferentes partes do cérebro estão sendo ativadas. Quando você esta olhando para cima, você esta criando imagens. Se for para cima e para a direita, está construindo imagens novas; se for para cima e para a esquerda, o cérebro está recordando imagens.

74 Por que os **japoneses** comem com pauzinhos?

Porque, na cultura japonesa, a refeição é considerada um momento de paz.

Garfo e principalmente facas são considerados instrumentos cortantes e portanto associados à guerra.

75 Por que as pessoas adquirem **rugas** com o passar dos anos?

Porque, em um bebê, a água é responsável por mais de 85% do seu peso corporal. Já em uma pessoa idosa, geralmente menos "aquosa", a água corresponde a cerca de 70% a 75% do peso corporal. Isso fica evidente no próprio aspecto dos tecidos. Além disso, a pele perde a firmeza e elasticidade por perda de colágeno.

76 O que acontece quando uma **formiga** se vê separada da colônia?

Uma formiga isolada de sua colônia, se deixada a seus próprios recursos, morreria em uma ou duas semanas antes de sua vida normal de três semanas. As formigas ajudam umas às outras através dos feromônios, "trilhas químicas" que orientam o caminho entre a colônia e a fonte de alimento. A formiga solitária teria que enfrentar muitos obstáculos antes de encontrar o caminho de volta: uma trilha química de outra colônia (onde não seria aceita), falta de alimentos, predadores e frio (as formigas precisam de calor mas não conseguem gerá-lo por si próprias).

Você sabe como surgiu a palavra **boicote**? (77)

Charles Boycott era um soldado inglês que, em meados do século XIX, abandonou o exército e fugiu para a Irlanda. Arrumou um emprego de cobrador. Sua postura implacável em cobranças e despejos fez com que fosse odiado pela comunidade local, que terminou por recusar-lhe a venda de qualquer coisa, inclusive comida. Literalmente boicotado, Charles Boycott voltou então à Inglaterra.

Você sabe o que é **medicina ortomolecular**? (78)

A medicina ortomolecular busca manter ou restabelecer o equilíbrio orgânico, combatendo com antioxidantes (principalmente vitaminas C e E) os radicais livres (causadores do envelhecimento das células).

A medicina ortomolecular foi desenvolvida a partir de trabalhos do químico norte-americano Linnus Pauling, o único a receber dois Prêmios Nobel sozinho: de Química em 1954 e da Paz em 1963.

Os efeitos das terapias antioxidantes têm gerado constantes polêmicas. O fato de os experimentos serem *in vitro,* e não no corpo humano, tornaria as pesquisas questionáveis.

No final da vida, Linnus Pauling tomava 18 gramas de vitamina C por dia e pregava que megadoses diárias poderiam aumentar a expectativa de vida. Ele viveu 93 anos.

79 Você sabe qual é realmente o formato das gotas de chuva?

Uma gota de chuva é um equilíbrio entre seu próprio peso e as forças aerodinâmicas que agem sobre ela.

A tensão superficial tenta fazer o pingo ficar arredondado, mas ao cair, a resistência do ar confere-lhe formato mais achatado, assemelhando-se na verdade a um pão de *hamburger*.

80 Você sabe como diferenciar um animal carnívoro de um herbívoro?

A maneira mais fácil de diferenciar um animal carnívoro de um herbívoro é olhando nos seus olhos. Os carnívoros (cachorros, leões, etc.) possuem os olhos na parte da frente da cabeça, o que facilita a localização do alimento. Já os herbívoros (aves, coelhos, etc.) possuem os olhos do lado da cabeça para que possam perceber a aproximação de um possível predador.

Por que **Napoleão** andava com a mão no peito? 81

Ninguém sabe ao certo qual doença acometia Napoleão. Várias doenças foram a ele atribuídas pelos historiadores, tais como: úlcera péptica, cálculos na bexiga, câncer no estômago, etc. Em qualquer um desses casos, Napoleão seria obrigado a colocar a mão dentro do casaco pressionando o abdômen.

Os pintores que o retrataram (sempre com a mão no peito) exaltavam seu sofrimento, dando à dor uma conotação heróica, pois apesar dela, Napoleão sacrificava-se por sua pátria.

82 Você sabia que o **bambu** não é uma árvore?

O bambu não é uma árvore. Apesar de aparência lenhosa e arbórea, na verdade é uma espécie de grama. O bambu é uma das plantas de crescimento mais rápido do mundo.

83 Você sabia que a **ferrugem** não é a responsável pelo tétano?

Através da associação errônea, criou-se a noção de que a ferrugem é a causadora do tétano. O tétano é a toxina secretada pela bactéria que existe na terra contaminada pelo esterco de animais domésticos. A bactéria pode sobreviver por muitos anos no solo, e o contato com um corte ou ferida (através de qualquer objeto no local) pode causar a infecção.

84 Como o milho vira **pipoca**?

O milho de pipoca contém umidade no interior de seus grãos. Esta umidade se transforma em vapor na medida em que o fogo vai aquecendo a panela. A pressão do vapor aumenta gradativamente até que a estrutura do grão não consegue mais reter o vapor e acaba se explodindo, formando a pipoca.

Qual a origem da denominação **24 quilates** para o ouro? 85

Existe uma árvore leguminosa (originária do Mediterrâneo), cujo fruto, em forma de vagem, contém sempre 24 sementes absolutamente iguais na aparência, tamanho e peso.

A quantidade de ouro correspondente a 24 sementes desta fruta era o que se denominava 24 quilates de ouro, sendo então uma unidade de peso.

Mais tarde, a partir de 1913, foi estabelecido nos Estados Unidos chamar de ouro 24 quilates o ouro 1.000, ou seja, puro; de 18 quilates ao ouro 750, o que contém três partes de ouro e uma de outro metal, e de 12 quilates ao ouro 500, ou seja, a liga de 50% de ouro e 50% de outro metal.

Por que sentimos **frio** após o banho? 86

O seu corpo está sempre produzindo calor. Quando você sai molhado do banho, o calor do seu corpo transforma a água que está sobre sua pele em vapor. Esta mudança do estado líquido da água para o estado gasoso é chamada evaporação. Você começa a sentir frio após o banho porque a evaporação consome calor do seu corpo.

87 Por que o **louva-a-deus** junta as pernas em posição de reza?

O louva-a-deus utiliza as pernas dianteiras para capturar e triturar outros insetos a fim de devorá-los. Quando está em posição de ataque, o louva-a-deus assume esta postura beata que faz parecer com que esteja “rezando”. Como um raio, o louva-a-deus desdobra e lança as pernas dianteiras, agarrando firmemente sua vítima. Por ser predador de outros insetos nocivos, o louva-a-deus é considerado um inseto “do bem” pelos agricultores.

88 Qual a origem da marca de carros **Subaru**?

Subaru é o nome japonês para as Plêiades, estrelas da constelação de Touro. As Plêiades são formadas por várias centenas de estrelas, mas a maioria das pessoas conseguem ver as seis ou sete mais luminosas. O símbolo da Subaru, assim, são essas seis estrelas.

89 Quando começou a **cirurgia plástica**?

A primeira cirurgia plástica de que se tem registro ocorreu no século VI ou VII a.C., na Índia: A cirurgia foi citada no livro de Sushruta, onde se descreve uma reconstrução de nariz. Era hábito na Índia amputar o nariz de quem roubasse ou cometesse algum outro delito grave. Na cirurgia utilizava-se um retalho retirado da face interna do braço para reconstruir a ponta do nariz e também pontas de orelhas. A operação era feita por membros de uma casta denominada Koomas e provavelmente foi divulgada por persas, gregos e árabes das comunidades cristãs nestorianas, na Índia.

Você já pensou na origem do nome de algumas **raças** dos cachorros? 90

O pastor alemão foi criado e usado como pastor de rebanhos, defendendo-os de seus ancestrais, os lobos.

O *dobermann* (também de origem alemã) homenageia Luis Dobermann, seu criador que ousou cruzando um pastor alemão com um cão de raça *pinscher*, sendo que outras estirpes entraram mais tarde para o aprimoramento da raça.

O *rottweiler*, cão pastor e guarda poderoso, traz o nome da cidade alemã Rottweil.

Você sabe como age o desodorante **antiperspirante**? 91

Os antiperspirantes não funcionam através da constrição dos poros, como comumente se acredita, mas sim através de uma reação eletroquímica. As gotículas de suor, de carga elétrica negativa, são atraídas pela superfície eletricamente positiva da pele. Sendo o alumínio (na forma de um sal) o principal constituinte de um antiperspirante, negativamente carregado, ocorre uma ação neutralizadora na atração entre a pele e o suor, interrompendo, assim, a secreção de suor.

92 Como sobrevivem os **peixes** em um lago congelado?

Nos lagos profundos, somente a região superficial fica congelada durante o inverno. Na parte mais funda, a temperatura da água se mantém relativamente inalterada e mais alta que a da superfície, permitindo, assim, que os animais aquáticos sobrevivam.

93 Por que as mulheres são mais sensíveis às **bebidas alcoólicas** do que os homens?

Ao contrário do que se pensa, as mulheres não são mais suscetíveis aos efeitos do álcool apenas por apresentarem menor estatura que os homens, mas porque têm em média 80% menos de uma enzima chamada desidrogenase alcoólica (ADH), que catalisa o metabolismo do álcool. Isso significa que uma proporção maior de álcool passa ao sangue sem ser metabolizada, o que faz com que as mulheres fiquem embriagadas com menor quantidade de álcool.

Como é possível encantar as **serpentes**? 94

Não é. Na Índia os homens chamados de "encantadores" tocam flauta diante dos cestos e as cobras erguem-se, parecendo dançar ao som da música. Na realidade não dançam, sequer ouvem a música, pois são completamente surdas. Elas reagem à vibração da batida do pé do encantador, transmitida pelo solo, e aos estímulos visuais produzidos por ele e seu instrumento, criando a impressão de que a serpente está hipnotizada pela música.

Por que o leite cria **nata**? 95

Porque o leite contém, distribuídos, em sua composição, água e glóbulos de gordura que possuem também partículas de albumina e proteína.

Quando se deixa o leite descansar, entra em vigor o princípio dos pesos específicos e, como são todas mais leves que a água, que é o principal componente do leite, as gorduras sobem à superfície, formando a nata.

96 Por que a maioria dos homens divide o cabelo do lado esquerdo?

A resposta mais óbvia a esta pergunta é que a maioria dos homens é destra e, portanto, é mais fácil para uma pessoa destra pentear o cabelo da esquerda para a direita, do que o contrário.

97 Como funciona o soro da verdade?

Na verdade, não existe propriamente um "soro da verdade"; o termo foi inventado na década de 1920, por um anestesiologista americano chamado T. S. House. House reivindicava que um novo anestésico, a escopolamina, induzia os pacientes a falar a verdade. Esta lenda nunca foi comprovada clinicamente e nem a escopolamina ou outras drogas atualmente utilizadas são meios eficazes de se extrair a verdade. Hoje em dia, a maioria das drogas utilizadas como "soros da verdade" são os barbitúricos amital sódico e pentotal sódico, administrados endovenosamente. Ambos deprimem as funções cerebrais mais altas, tais como a contagem e o raciocínio. Através de mecanismos ainda não bem compreendidos, os pacientes podem se tornar mais falantes e mais abertos e menos receosos quando estão sob influência dessas drogas.

O que é o déjà vu? 98

Do francês: já visto.

Déjà vu é aquela estranha sensação de já ter vivido uma situação antes ou ter estado em algum lugar absolutamente novo mas que nos parece, de repente, extremamente familiar.

Você sabe o que significa Yin e Yang? 99

São dois princípios básicos da filosofia chinesa. Yin é o feminino, negativo, a escuridão, a terra, a passividade, a umidade, a linha interrompida. Yang corresponde ao que é masculino, positivo, a claridade, o céu, a atividade, a secura e a linha contínua.

Da união de Yin e Yang surge uma totalidade organizada: Tao — o caminho, a harmonia com a natureza.

Se há muitos cães miniaturas, por que não existe nenhum gato miniatura? 100

A explicação está nos genes desses animais: os cães são os animais mais geneticamente variáveis, os mais fáceis de reproduzir uma característica desejada. Por outro lado, os genes dos gatos são muito menos plásticos. Se tentamos cruzar duas raças diferentes de gatos, a tendência é resultar num simples gato malhado.

101 Você sabe desde quando os brasileiros rebolam?

Com certeza desde o século passado, talvez até há mais tempo. A primeira dança brasileira com rebolado que se teve notícia foi o maxixe. Seus movimentos e passos descaradamente maliciosos e sensuais provocaram a ira dos críticos que o denominaram "dança excomungada".

As origens da dança brasileira são múltiplas. É um sincretismo onde se misturam elementos originários das culturas indígena, africana e portuguesa. Com o tempo terminou-se criando coreografias e passos inéditos. O rebolado teve presença constante nesta história. Tal como ocorreu com o maxixe, o surgimento de outras modalidades de dança popular foi sempre visto com reserva pelos críticos conservadores. Lundu, maracatus, forrós, afoxés, samba, lambada e o tchan — os passos mudam, mas o rebolado persiste.

102 Como se contam as calorias dos alimentos?

A energia contida nos alimentos é medida pela unidade *caloria*, que é a quantidade de calor necessária para elevar a temperatura de um litro de água em um grau centígrado. Assim, quando se diz que uma maçã tem cerca de 50 calorias, significa que esta fruta tem energia suficiente para aumentar em 1°C grau a tempertura de 50 litros de água. Obviamente que apenas colocando-se uma maçã dentro de uma tina de água não vai ocorrer nenhuma reação. As ligações químicas das moléculas do alimento têm que ser rompidas para que esta energia seja liberada: é assim que nosso corpo e a bomba-calorímetro fazem. É através desta que se medem as calorias dos alimentos. É um dispositivo relativamente pequeno, consistindo em uma câmara interna, chamada de bomba, e uma câmara externa, cheia de água. Dentro da bomba, há apenas oxigênio e um acendedor elétrico. O alimento é colocado dentro da bomba e queimado; um termômetro registra o aumento de temperatura na água contida na câmara externa. Desta forma, é possível calcular o valor calórico medindo-se o quanto se aqueceu a água.

Recite mentalmente a poesia da "**batatinha**" e depois compare com a forma correta, que é dada a seguir: 103

Batatinha quando nasce,
Espalha ramas pelo chão
A (o) menina (o) quando dorme
Põe a mão no coração.

Naturalmente as crianças tinham dificuldades em dizer "espalha ramas" e acabavam reduzindo a frase para "esparrama", o que acabou modificando o verso original.

104 Febre: amiga ou inimiga?

Amiga, sempre. A febre é um sinal de que o corpo está combatendo uma infecção, causada normalmente por vírus ou bactérias.

Se a febre subir muito, ou chegar próxima dos limites aceitáveis, os próprios mecanismos de controle de temperatura do corpo tornam-se ineficientes, indicando que você precisa de ajuda externa.

A idéia de que a febre é amiga e não inimiga é antiga. Hipócrates, pai da medicina ocidental, já dizia, há mais de 2000 anos, que as doenças são um desequilíbrio do organismo e que a febre ajuda a recuperar o equilíbrio perdido.

105 Qual a origem do nome Adidas?

A empresa alemã foi fundada na década de 1920 por Adolf Dassler, que adotou a sigla composta por seu apelido "Adi" mais as três primeiras letras de seu nome "Das" — surgindo assim, Adidas.

106 Você sabe qual a origem da palavra forró?

Ao contrário do que se pensa, forró não veio de "for all" que, segundo algumas versões, denominava o convite a bailes promovidos pelos soldados americanos, quando instalados em Natal nas bases militares durante a Segunda Guerra Mundial. A palavra forró é muito anterior a isto. É uma abreviação de *forrobodó*, nome dado a bailes populares no Nordeste no começo do século.

Como se dividem os cordões umbilicais dos gêmeos? 107

Cada bebê tem o seu próprio cordão, não importa se gêmeos univitelinos ou bivitelinos. O cordão umbilical leva nutrientes da placenta para o bebê e os produtos residuais na direção contrária. Contém artérias e veias e chega a medir 60 centímetros de comprimento. Depois do nascimento o cordão é cortado, deixando uma cicatriz chamada de umbigo.

Por que algumas galinhas botam ovos brancos e, outras bege? 108

O único determinante da cor do ovo é a raça da galinha. A cor dos ovos vem unicamente de um pigmento existente na camada externa da casca, indo do mais puro branco até o bege escuro, passando por várias tonalidades entre ambos. O valor nutritivo de ambos é virtualmente o mesmo.

109 Por que o **escaravelho** é considerado um amuleto?

O nome científico é besouro-escarabeídeo, o popular rola-bosta. Porque é exatamente o que fazem estes besouros considerados sagrados no antigo Egito. O casal forma pequenas bolas de esterco, colocando-as em seguida na terra, onde a fêmea depositará seus ovos. O esterco serve como suprimento alimentar para a larva.

O fato do escaravelho nascer desta bola e sob intenso sol fazia dele um animal solar sagrado, colocado sobre o coração das múmias, para protegê-las na hora do julgamento final. O escaravelho é comercializado até hoje, sob a forma de amuletos esculpidos em pedras semipreciosas.

Por que sai fumaça da **boca** quando faz frio? (110)

Porque o frio condensa o vapor expelido dos pulmões, numa acumulação das partículas mais densas, formando essa névoa de gotículas de água, geralmente invisível, mas transformada em fumaça devido a baixas temperaturas.

Por que as **baianas** usam panos brancos amarrados na cabeça? (111)

Porque, quando os colonizadores portugueses vieram para o Brasil, houve uma infestação de piolhos nas embarcações. Desesperados, todos, desde a Família Real ao mais humilde português, enrolaram e amarraram em suas cabeças panos brancos.

Os nativos, ao verem os portugueses descerem das embarcações com este novo visual, adotaram-no imediatamente como moda, vigente até hoje na baiana típica.

Você sabe realmente o que é **tribufu**? (112)

Na linguagem popular brasileira, o termo varia de sentido dependendo da região. Em Minas Gerais significa pessoa feia; já na Bahia, pessoa maltrapilha, andrajosa.

113 Por que a última jogada do xadrez chama-se **xeque-mate**?

Xeque-mate vem do persa, Sháh-Mát, que significa "o rei está morto", ou seja, jogo ganho.

114 Por que se chama **gandula** o pegador de bola?

Bernardo Gandulla é o nome de um jogador argentino de futebol que veio para o Brasil nos anos 40 contratado pelo Vasco da Gama. Gandulla jamais era escalado, ficava então assistindo a treinos e jogos, e não havia uma só bola que escapasse do campo, que Gandulla não corresse para buscá-la, devolvendo-a educadamente para os colegas titulares. Daí a origem do nome gandula para os garotos que repõem a bola nos estádios.

115 Por que muitos **idosos**, especialmente aqueles sem dentes, constantemente apresentam o movimento de mastigação?

Comumente, a causa deste movimento se deve ao fato da língua não mais estar confinada ao espaço dentro da arcada dentária, pela ausência dos dentes inferiores nos idosos. A língua se estica mais para fora e inclusive aumenta em tamanho. A aparente mastigação contínua é um esforço subconsciente em achar um novo "lugar" a para língua.

Por que vemos **miragens** no asfalto? (116)

Porque o ar acima do asfalto tem diferentes temperaturas. Quanto mais perto do asfalto, mais quente. Quanto mais quente, mais rarefeito é o ar. A luz, ao passar de uma camada para outra, sofre um desvio e o resultado é o aspecto molhado do asfalto.

Por que os cães **babam**? (117)

A salivação, nos cães, é abundante e facilmente induzida através do simples cheiro, gosto ou presença do alimento. Por outro lado, o ato de babar é meramente a incapacidade do cão em represar o grande e constante fluxo de saliva que ele produz, especialmente porque em muitas das raças os lábios são soltos e longos, tais como nos são bernardos, mastins, sabujos e boxers.

O que significa **Nokia**, a famosa marca de telefones celulares? (118)

Parece japonês, mas o nome é finlandês. Nokia é uma cidade do sul da Finlândia, a 180km a noroeste da capital Helsinki. Foi aí que a empresa nasceu em 1865, como fabricante de papel.

119 Por que adormecem algumas extremidades do corpo?

Contrariamente à crença popular, não há interrupção da circulação sangüínea quando um braço ou perna "adormece". A sensação, chamada neuropraxia, é causada quando o nervo ulnar ou peroneal é comprimido, resultando no "adormecimento" do membro.

120 Por que as mulheres abrem a boca quando passam rímel nos olhos?

Existem várias teorias. A mais aceita é a de que abrir a boca é um ato absolutamente involuntário e reflexo. A reação natural e imediata ao aproximar-se a escova do rímel ao olho seria piscá-los fechando as pálpebras como medida de proteção. A teoria postula que, ao se abrir a boca, os músculos faciais contraem-se conjuntamente, puxando a pálpebra inferior para baixo, resultando em olhos mais firmemente abertos e assim diminuindo a possibilidade de piscar durante a aplicação do rímel.

Por que os **bebês** dormem tanto? 121

Após o nascimento, os bebês passam por dia entre 16 e 18 horas dormindo, das quais até 60% em sono REM (movimento rápido do olho), mais que o dobro da porcentagem dos adultos. O sono REM é o estágio do sono onde os sonhos ocorrem. A atividade das ondas cerebrais é muito intensa e se assemelha muito ao estado acordado. Embora os pesquisadores não entendam precisamente como isto funciona, o sono REM parece ser crucial ao desenvolvimento do sistema nervoso dos recém-nascidos.

Qual a origem do costume de se **bater na madeira**? 122

Historicamente, a árvore a ser tocada era o carvalho, venerado por sua força, altura imponente e poderes sobrenaturais. O culto surgiu há cerca de 4 mil anos, entre várias tribos indígenas na América do Norte. Nessa cultura, observando que o carvalho era freqüentemente atingido por raios, pressupuseram que a árvore fosse a moradia do deus-céu (índios) e deus dos relâmpagos (gregos). Os índios acreditavam que qualquer pensamento ou palavra de mau-agouro poderia ser neutralizada batendo-se na base do carvalho; com efeito, a pessoa estaria contatando o deus-céu, pedindo perdão.

123 Você sabia que as formigas **saúvas** não comem folhas?

Na realidade, as saúvas cortam e carregam folhas e pedacinhos de insetos em decomposição para o interior do formigueiro, porque servem para formar fungos especiais. As formigas se alimentam desses fungos.

124 Quais as bebidas que causam as piores **ressacas**?

Durante a destilação e o envelhecimento das bebidas, existem substâncias formadas por produtos residuais. Essas substâncias são chamadas de congêneres. Essas "impurezas" conferem a diversas bebidas alcoólicas seus sabores distintos, mas também ajudam a produzir dores de cabeça. As bebidas com o maior teor de congêneres são: o uísque bourbom (americano), conhaque, pinga, vinho tinto ou rum. Por isso, se você precisa garantir o seu dia seguinte, beba vinho branco, gim ou vodca.

Você sabe por que se diz para inglês ver? 125

Porque o Brasil fez mais de uma lei para a Abolição da Escravatura. A primeira lei foi feita em 7/11/1831, durante a regência provisória, porque a Inglaterra estava começando a combater o tráfico de escravos no mundo, pressionando países que ainda usavam mão-de-obra escrava. Fez-se então a lei para inglês ver, pois jamais foi cumprida. A Abolição da Escravatura aconteceu realmente em 13/5/1888, portanto 57 anos depois, graças à Princesa Isabel.

Por que a picada de pernilongo coça? 126

O que causa a coceira é a substância anticoagulante que a fêmea do pernilongo (e somente a fêmea se alimenta de sangue) injeta para manter o sangue fluido durante o tempo de sucção. Esta substância alergênica provoca a liberação de histamina, causando a vermelhidão, inchaço e coceira do local.

Você sabe a origem do nome caran d'ache? 127

A firma suíça, fundada em 1924, tomou seu nome do caricaturista e ilustrador francês que trabalhava sob o pseudônimo de Caran D'Ache. O verdadeiro nome do artista era Emmanuel Poiré, russo de nascimento, e seu pseudônimo foi baseado na palavra russa, "karandash", que significa lápis.

128 Você sabe como surgiu o Jeep?

O Jeep foi concebido em 1941, nos Estados Unidos, pelas empresas Willy's e Ford, com o propósito de atender o exército americano. Descrito como um "instrumento divino para locomoção militar", tornou-se o "General Purpose Vehicle", o coringa do exército americano. GP (de general purpose) logo foi adaptado para Jeep. Desenhado para campos de batalha, suas múltiplas funções logo foram evidenciadas: era leve o suficiente para ser carregado por um planador e resistente o bastante para ser jogado por um pára-quedas.

129 De onde vem a palavra sadismo?

Conhecido como Marquês de Sade, Donatien Alphonse François De Sade (1740-1814) escrevia romances descrevendo sexo através da dor, atos de violência, crueldade moral e degradação infligidos ao parceiro sexual. Alguns desses livros foram escritos na prisão, durante suas longas permanências após tentar pôr em prática suas teorias.

130 Você sabe como surgiu o grupo Vigilantes do Peso?

Jean Nidetch, uma dona de casa americana, que pesava 96,3 quilos, em 1961, ficou ofendidíssima após ouvir um comentário maldoso sobre seu tamanho e resolveu encarar um tradicional regime. Ficou tão desanimada no começo, que convocou seis amigas a participarem da mesma dieta, na esperança de que o apoio mútuo mudasse sua sorte. Um ano depois e 31,5 quilos mais leve, Jean Nidetch já fazia sermões pela cidade. Em 1963 ela e algumas amigas fundaram o Vigilantes do Peso. Com uma dieta "farta", reuniões semanais, resultados cobrados na balança perante o grupo e uma pequena taxa de pagamento, fizeram o programa estourar. Em 1970, a empresa foi comprada pela Heinz, conglomerado alimentício. Hoje os vigilantes do peso estão em mais de 24 países.

Você sabe quando o **cigarro** perdeu seu *glamour*? 131

Hollywood fez do ato de fumar um gesto de elegância, símbolo de *status*. Do magnata ao herói de bangue-bangue, o cigarro estava sempre presente envolvendo-os numa nuvem de fumaça glamourosa.

Influenciados pelo cinema, gerações de adolescentes, no mundo todo, adotaram o cigarro como rito de passagem para a vida adulta, e não o largaram mais.

Só em 1964, quando o governo americano divulgou seu famoso relatório sobre o fumo, confirmando estudos que apontavam o cigarro como uma das principais causas do câncer pulmonar e de doenças do coração, começou a sua trajetória descendente.

Americanos e europeus tentaram refrear o mercado, taxando com pesados impostos o cigarro. Tornaram obrigatórias advertências sobre os perigos, tanto nas propagandas quanto nos próprios maços.

A ofensiva antitabagista tirou o encanto do fumo das telas. O cigarro sobrou para os desajustados, ansiosos e para as minorias socialmente desprivilegiadas de Hollywood, como negros e latinos.

132 Por que as **unhas** das mãos crescem mais rápido do que as dos pés?

Sabe-se que as unhas das mãos crescem em média duas vezes mais rápido do que as dos pés. Os dermatologistas trazem algumas explicações. A mais importante razão para o crescimento é a circulação sangüínea, pois as mãos são mais irrigadas do que os pés. Também como resultado da movimentação dos dedos existe uma estimulação local para renovação das unhas.

Outra teoria é que as unhas crescem mais depressa no verão do que no inverno, o que sugere que o sol ajudaria o crescimento. Como também no verão os pés ficam cobertos parte do tempo, a desvantagem sempre se mantém.

Por que as **veias** são azuis se o sangue é vermelho? (133)

Porque nas veias corre sangue venoso, desoxigenado, isto é, com pouco oxigênio, o que o torna vermelho escuro. As veias têm paredes finas e uma cor naturalmente azulada, que somada à do sangue venoso dá o tom azul à superfície da pele.

O sangue realmente vermelho é o sangue arterial, que corre carregado de oxigênio nas artérias, cujas paredes são espessas, profundas e por isso não as vemos.

Quando surgiu o **ursinho de pelúcia**? (134)

O "Teddy Bear" (ursinho de pelúcia em inglês) ganhou este nome em uma alusão ao presidente americano Theodore Roosevelt, que se recusou a atirar em um filhote de urso durante uma caçada nas montanhas, em 1902. Este fato induziu uma loja de brinquedos de Nova York a fabricar um ursinho de pelúcia batizando-o de "Teddy's Bear" (o urso de Teddy).

O que são alimentos **transgênicos**? (135)

Os transgênicos são plantas (ou animais) em cujos cromossomos foi inserido um gene de outro organismo, de modo a manifestar alguma característica que não tinham em estado natural. São transgênicos novas variedades de soja, milho ou arroz com cromossomos modificados para resistir a pragas, por exemplo. Os transgênicos permitem experimentos extraordinários, tais como a planta do tabaco que, com um gene de vaga-lume, passou a brilhar.

Assunto altamente polêmico, os transgênicos são amados pelos americanos e odiados pelos europeus. Alegam os contrários que o pólen de plantações transgênicas pode espalhar-se por grandes distâncias, por meio de insetos ou por causa da ação do vento, e que portanto se perderia o controle de plantações orgânicas.

136 Por que as pessoas gostam tanto do banho de espuma?

Uma banheira cheia de espuma vai um pouco além do fator cosmético dos emolientes e da higiene da pele. A espuma age como isolante térmico, mantendo por mais tempo a água quente na banheira e proporcionando, assim, um banho muito mais relaxante e agradável.

137 Por que em países de clima quente a comída típica é sempre apimentada?

A pimenta ajuda a preservar os alimentos face à deterioração mais rápida nos climas quentes. Além disto, a comida apimentada provoca a transpiração, baixando a temperatura do corpo e tornando o calor mais suportável.

O que é **rastafári**? 138

É uma religião fundada na década de 1920 por um pastor chamado Marcus Garvey, que pregava uma profecia acerca de um novo messias, um rei negro, que surgiria na África e libertaria o povo negro do domínio branco.

Em 1930, Hailé Selassié foi coroado imperador da Etiópia e passou a se chamar Ras Tafari Makonnen. Os jamaicanos consideraram-no o Messias prometido e fundaram uma nova religião.

Anos mais tarde essa religião foi espalhada pelo mundo ao som do *Reggae* (mistura de *rock* com ritmos caribenhos) de Bob Marley.

Os emaranhados naturais, nos cabelos jamais cortados, servem como antenas para sintonizar as boas "vibrações" enviadas por Jah (deus). Os rastafáris consideraram a maconha uma erva sagrada.

139 Você sabe qual a origem do caratê?

Apesar de considerado uma arte marcial japonesa, o caratê não se originou, nem se tornou popular no Japão. Surgido na Índia séculos atrás, o caratê se espalhou pela China e outros países asiáticos, mas só veio a ser introduzido no Japão muito mais tarde.

140 As flores podem renovar a provisão de néctar que as abelhas sugam?

As flores têm um período de vida curto, mas produzem o néctar continuamente com a finalidade de atrair insetos para polinização. A partir do néctar, o mel é produzido na colméia.

141 Como se obtém vinho branco extraído de uvas escuras?

O vinho branco pode ser obtido através de qualquer variedade de uva, pois o que determina a cor do vinho é a casca da fruta fermentada. Uma vez retirada a casca, o sumo da uva tem sempre a coloração branca ou amarelada. Até o champanhe é feito parcialmente de uvas escuras.

142 Você sabe como surgiu a primeira vacina?

A primeira vacina foi produzida há mais de 200 anos, contra varíola, doença grave que matava ou deixava a pessoa com o rosto marcado por cicatrizes profundas.

Um médico da zona rural da Inglaterra observou que a varíola *vaccina* (do latim *vacca*), diferentemente da varíola humana, cobria de feridas as tetas das vacas, e que as ordenhadeiras pegavam essa varíola nas mãos, mas não pegavam a varíola humana. Resolveu então inocular, em pequenos arranhões criados por ele nos braços das pessoas, o pus das feridas. As pessoas tinham febre por alguns dias, mas saravam. Estavam imunizadas. As vacas eram então levadas de porta em porta pelas ruas da Inglaterra. Mais tarde prepararam concentrados do vírus da varíola *vaccina* e este concentrado foi chamado de vacina. O vírus da varíola é hoje extinto.

Por que 1º de maio é o **Dia do Trabalho**? 143

No final do século XIX, o movimento sindical começava a se organizar nos Estados Unidos. Batalhando por melhores condições, a Federação dos Sindicatos recomendou que a partir de primeiro de maio de 1886 o dia trabalhado deveria ter oito horas. Este fato provocou uma greve violentíssima em Chicago: onze mortos e mais de duzentos feridos. Para homenagear esta manifestação, o Congresso Socialista de Paris, em 1889, resolveu instituir o Dia Internacional do Trabalho, 1º de maio, comemorado no Brasil a partir de 1904. Mas se o 1º de maio é válido em quase todo o mundo ocidental, nos Estados Unidos e Canadá o Dia do Trabalho é comemorado na primeira segunda-feira de setembro, porque em 5 de setembro de 1882 houve uma passeata que reuniu 30 mil trabalhadores em Nova York, sendo a data batizada de 1º Dia do Trabalho.

144 Por que as **baratas** fogem quando a luz é acesa num ambiente escuro?

Sendo insetos noturnos, as baratas instintivamente se escondem quando expostas à luz; por outro lado, não estão necessariamente fugindo da luz. O método principal pelo qual as baratas detectam perigo é sentir as vibrações à volta delas. Assim, é possível que fujam quando você acende a luz do ambiente meramente porque detectaram seu movimento próximo.

145 O que são **cristais líquidos**?

Cristais líquidos fluem como líquidos, mas têm uma ordem molecular como a de um sólido cristalino e exibem algumas das propriedades óticas de um cristal. As forças intermoleculares nos cristais líquidos são fracas e podem ser facilmente afetadas pela temperatura, esforço mecânico ou campo elétrico.

Invisíveis se colocados entre duas lâminas de vidro e atravessados por um facho luminoso, os cristais se tornam visíveis ao receberem uma carga elétrica, pois mudam de formato e impedem a passagem da luz. É desta forma que os números de um relógio digital se tornam visíveis como sinais escuros.

Por que os **escoceses** usam saias? (146)

Embora os atuais *kilts* escoceses se assemelhem a saias, originalmente eles cobriam não só a região entre a cintura e os joelhos, mas também a parte superior do corpo. Os *kilts* eram como enormes cobertores que se enrolavam diversas vezes em volta do corpo e passados por cima do ombro. Por causa da geografia dos planaltos escoceses, montanhosos, úmidos e cheios de riachos, o uso de calças se tornava impraticável para alguém que atravessasse a região. O *kilt* poupava o escocês de ter que constantemente enrolar as calças para que não ficassem molhadas, além de servir também como cobertor, saco de dormir, capa e calças.

147 Você sabe por que o **Big Ben** tem este nome?

Quando o famoso relógio londrino foi construído em 1859, o então ministro de Obras Públicas da Inglaterra chamava-se Sir Benjamin Hall e pesava 158 quilos. Em homenagem a ele, deu-se o apelido de "Big Ben" ao grande *sino* de mais de 12 toneladas. O apelido, contrariamente ao que se diz, não se refere originalmente à torre ou ao relógio, mas ao sino contido no alto da torre.

148 Por que os bebês **piscam** menos que os adultos?

Primeiramente, os bebês passam muito menos tempo com os olhos abertos que nós e o pouco muco que seus olhos produzem é suficiente para manter a superfície ocular suficientemente lubrificada. Paralelamente, por terem uma superfície ocular muito pequena, pela conformação craniana e abertura das pálpebras, os olhos dos bebês se secam muito mais lentamente e necessitam de hidratação menos freqüentemente.

149 Por que os **camaleões** mudam de cor?

Camaleão é o nome comumente dado a certos lagartos que têm a capacidade de mudar de cor. Os camaleões mudam de cor quando estão assustados e em reação à luz, temperatura e outras mudanças ambientais. A mudança de cor é causada por hormônios que afetam células portadoras de pigmentos da pele, os cromatócitos. Suas cores nem sempre mudam de modo a imitar o ambiente, como comumente se supõe.

Por que a agulha da **bússola** sempre aponta para o norte? 150

A agulha da bússola, feita de material ferromagnético, aponta para o norte porque é atraída para o pólo norte da Terra, que funciona como um gigantesco imã. Como o núcleo da Terra é composto de ferro líquido, na medida em que o planeta gira, sua superfície externa gira um pouco mais rápido que o núcleo central, criando assim um campo magnético.

O que determina o tamanho dos ovos que as **galinhas** põem? 151

A idade da galinha. De modo geral quanto mais velha a galinha, maior será o ovo. Diferentes raças também constituem uma variável para o tamanho dos ovos.

152 Você sabe por que cobrimos a boca quando bocejamos?

Hoje em dia, cobrir a boca com a mão durante um bocejo é um gesto essencial de bons modos. Na verdade, o costume original surgiu do medo — medo que a alma deixasse o corpo durante uma grande exalação e, com a mão à boca, a força de vida seria contida. Isso se atribui ao fato, que os povos antigos acertadamente observavam, que os recém-nascidos bocejavam logo após o nascimento (numa reação reflexa de levar mais oxigênio para os pulmões). Porém, com altíssimo índice de mortalidade infantil, os médicos antigos, perplexos com as mortes freqüentes, atribuíram culpa ao bocejo: o indefeso bebê simplesmente não podia cobrir a boca com uma mão protetora.

Por que os homens possuem o "**pomo-de-adão**"? 153

Na verdade, tanto o homem quanto a mulher possuem o "pomo-de-adão", que em termos médicos é conhecido como uma cartilagem tiroidiana. Mas o popular "gogó" salienta-se mais nos homens porque as laringes destes são maiores, a fim de alojar cordas vocais longas, as quais por sua vez produzem a voz grossa, característica deste sexo.

Você sabe a origem do nome **nicotina**? 154

A origem do tabaco é atribuída aos maias, na América Central. Os maias usavam o tabaco apenas em rituais. Dois marinheiros de Colombo foram os primeiros europeus a esquentar os pulmões com a planta nativa da América. Eles fumaram as folhas de tabaco em cachimbos de junco. Entusiasmados levaram mudas nos porões das caravelas. Em 1560, um embaixador da França em Portugal, Jean Nicot, contrabandeou mudas para Paris, com a seguinte informação: fumar fazia bem à saúde — curava verrugas e gangrena. Mais tarde, um naturalista sueco, Carl Von Linné, deu nome científico à planta de *Nicotiana tabacum*, em homenagem a Jean Nicot.

Por que o cocô do passarinho é **bicolor**? 155

Porque é cocô e xixi juntos. O cocô é a parte escura e o xixi é a parte branca, que é semi-sólida porque é ácido úrico, uma maneira dos pássaros conservarem água durante os vôos. Os pássaros têm um único orifício, chamado cloaca, por onde se eliminam os dois resíduos juntos.

156 Você sabe o que é o **âmbar**?

É uma resina fossilizada, confundida muitas vezes com pedras semipreciosas, por ser usada exclusivamente na fabricação de jóias. O âmbar geralmente tem cor dourada ou alaranjada e pode conter insetos aprisionados e preservados há milhões de anos, quando a resina ainda estava aderente, como no filme *Jurassic Park*.

157 Você sabe qual é a diferença entre os alimentos ***diet*** e ***light***?

Diet é aquele alimento do qual um determinado ingrediente foi totalmente retirado, como o caso do refrigerante que tem todo o açúcar substituído por adoçante. O *diet* é o alimento modificado para fins específicos, como diabetes, gestantes, atletas ou dietas radicais.

O *light* é o alimento que sofre redução parcial de um componente calórico, como sorvetes com menos teor de gordura.

Segundo a nossa legislação, o que é *diet* pode ser *light*, porém o que é *light* não pode ser *diet*. O melhor a fazer em caso de dúvida é ler o rótulo.

Você sabia que o **enforcado** não morre por asfixia? 158

Contrariamente à crença popular, o enforcamento como forma de execução não causa morte por estrangulamento, mas por lesão na parte superior da espinha, causada pela fratura ou deslocamento da vértebra cervical. É uma forma repentina e instantânea de morte.

Quando surgiu a revista ***Playboy***? 159

A revista surgiu em 1953. Hugh Hefner, seu editor, então com 27 anos apenas, estava tão inseguro sobre seu futuro que nem chegou a numerá-la. A revista trazia matérias sérias, artigos de ficção erótica de qualidade e uma página dupla central exibindo a "coelhinha" do mês, totalmente nua. Em três anos a revista já era um grande sucesso. O talento do editor já transparecia no primeiro número: a capa e a página central eram dedicadas a Marylin Monroe!

Você sabe o que é **arte conceitual**? 160

A arte conceitual preza que a idéia é mais importante que o meio, a forma, a matéria, a cor ou a textura. Esses elementos são utilizados com liberdade, tornando-se simplesmente veículos para o exercício de uma idéia.

O termo foi usado pela primeira vez em 1967 por Sol Lewitt, quando escreveu "Parágrafos sobre a Arte Conceitual". O quase manifesto refere-se à arte que usa mais o cérebro e menos a forma. Cunhou o *slogan* do movimento: "A idéia se torna a máquina que produz arte."

161 Você sabe qual a origem da palavra *grunge*?

A palavra *grunge* é o resultado do som abreviado da palavra em inglês "garage". Nascido nas garagens de Seattle, nos Estados Unidos, o *grunge* é o estilo "largado", divulgado com os músicos de *rock* pesado, como o Nirvana, no final dos anos 80.

162 Você sabe qual a origem dos **robôs**?

A palavra robô deriva da palavra checa ROBOTINIK, que significa servo. O primeiro robô com fins industriais, controlado por computador, foi construído em 1960. Os robôs são substitutos confiáveis do ser humano para trabalhos realizados em ambientes hostis, como os de fundição ou onde há desprendimento de gases tóxicos, como na pintura de carros, e nas ocupações repetitivas, como nas linhas de montagem.

163 Você sabia que **Einstein** não foi um bom aluno?

Einstein freqüentou escolas muito rígidas, na Alemanha do século XIX. Sob o duro e pedante sistema educacional vigente, Einstein revelou muito pouca capacidade para aprender. Somente na segunda tentativa de ingresso, conseguiu ser aprovado na Escola Politécnica de Zurique, Suíça, em 1896. Faltava às aulas, desafiava professores e usava o caderno dos amigos. Tinha boas notas, mas estava longe de ser exemplar. Formou-se professor de Física em 1900. Formado e desempregado, dava aulas particulares. Depois virou técnico de terceira classe no escritório de patentes de Berna. Em 1905, sua genialidade despontou. Em apenas um ano publicou seis trabalhos revolucionários, inclusive a Teoria da Relatividade. Tornou-se a partir daí um dos maiores gênios do nosso século.

Como foi concebido o **perfume** mais famoso do mundo? 164

Gabrielle "Coco" Chanel, a famosa estilista francesa, encomendou em 1921 o perfume a um químico chamado Ernest Beaux. A fragância sofisticada continha cerca de oitenta ingredientes, entre eles o jasmim. Quando Chanel foi informada do alto custo de seu perfume, respondeu: "Neste caso, coloque mais jasmim." O produto chegou no mercado e logo foi notado por sua embalagem simples. O vidro do famoso perfume mudou quinze vezes de forma, desde o seu lançamento, mas manteve a simplicidade nas linhas quadradas, no rótulo branco e no nome: Chanel nº 5.

165 Como os astronautas se aliviam no espaço?

As instalações sanitárias dentro de uma nave espacial são bem mais simples do que se possa imaginar: o astronauta conecta uma bolsa (bolsa esta que contém um germicida para evitar a formação de bactérias e gases) que, quando cheia, é armazenada para análise após o vôo.

Para urinar, o astronauta usa um receptáculo embutido, ligado por uma mangueira a um coletor onde o líquido pode ser reciclado ou simplesmente despejado para fora da espaçonave.

166 Por que o leite sobe quando ferve?

Porque o leite não contém apenas água e gordura, dois componentes que sabidamente não se misturam. Contém também diversas outras moléculas tensioativas, isto é, que têm uma parte solúvel em água e uma parte solúvel na matéria gordurosa.

Quando o leite é aquecido, forma-se uma fina película superficial e, ao mesmo tempo, começam a se formar progressivamente no fundo da panela bolhas de vapor que ficam retidas abaixo da película. Ao entrar em ebulição, as bolhas empurram a membrana para cima até que o leite acabe sendo expelido repentinamente para fora da panela.

Por que o **telefone celular** tem este nome? 167

Para instalar o serviço de telefonia celular em um área, o operador divide esta área em pequenas regiões, chamadas células, e instala em cada região uma antena de retransmissão. É com esta antena que o telefone celular se comunica tanto para emitir quanto para receber sinais. Quando o usuário se desloca de uma região para a outra, o seu telefone passa automaticamente a trocar sinais com a outra antena. O bom funcionamento da telefonia celular exige que cada região tenha sua antena. O mapa da área de cobertura dividida em pequenas regiões é similar ao de um corpo dividido em células no microscópio. Daí o nome telefone celular.

168 Por que a pele **enruga** após um banho prolongado?

Depois de um longo tempo na piscina, no mar ou no banho, notamos que nossa pele está toda enrugada e escorregadia.

Normalmente, a pele tem uma proteína, a queratina, que forma uma barreira protetora *limitada* contra a umidade, bactérias e corpos estranhos. O contato prolongado com a água, porém, faz com que as células da epiderme (a camada mais externa da pele) acabem absorvendo água e se inchando. Felizmente, após nos enxugarmos completamente, a água retida nas células da pele se evapora e as células voltam a forma e tamanho normais.

169 Por que nunca alcançamos o **arco-íris**?

Os arco-íris se formam como resultado da decomposição da luz solar pelas gotas d'água da chuva que atuam como se fossem prismas. As diferentes cores que formam o arco-íris estão intimamente relacionadas aos distintos comprimentos de ondas da luz visível. O vermelho, por exemplo, tem um comprimento de onda mais longo, e por isso o sol é vermelho no fim da tarde, enquanto o azul é mais curto. Como se trata de uma imagem ótica fugaz, nunca poderemos alcançá-la. Se nos aproximarmos do arco-íris, veremos a luz passando através das gotas de chuva, sempre distantes de nós.

Por que os **doces portugueses** são sempre à base de gemas? 170

Porque nos conventos portugueses, país de grande religiosidade, as freiras se utilizavam da clara para engomar as vestes. Sobravam então as gemas. Para não desperdiçá-las, as freiras inventaram doces, e por isso a doçaria portuguesa é toda à base de gemas de ovos.

Você sabe qual a origem do **bonsai**? 171

Bonsai quer dizer técnica do cultivo de árvores em bandeja.

Os indianos e os chineses desenvolveram a técnica do bonsai há dois milênios, para facilitar o transporte de plantas medicinais.

Os indianos praticavam ou faziam bonsai por diferentes motivos além da contemplação e da arte. Praticavam a medicina Ayur Vedica, na qual as cinco partes mais importantes para a cura das enfermidades eram encontradas nas raízes, casca, folhas, flores e frutos de árvores, como por exemplo o tamarindo. Dadas as enormes distâncias que estes médicos tinham que percorrer e a impossibilidade de carregar estas árvores de tamanho natural, os indianos reduziram as gigantes árvores medicinais, tornando possível o transporte delas em caravanas, o que garantia medicamentos frescos para seus pacientes.

172 Você sabe quem inventou a **camiseta**?

Em 1942, a marinha americana lançou uma camiseta de algodão como parte dos uniformes. De mangas curtas e gola redonda, logo ficou conhecida como T-Shirt, por formar a letra T quando aberta, estendida antes de ser dobrada. Foi inicialmente usada por soldados e fuzileiros e se popularizou mais tarde com James Dean, que a usou em *Rebeldes sem causa*, filme de 1955.

173 Desde quando existe a revista ***Vogue***?

A *Vogue* americana foi fundada no início de 1890, seguida pelas versões inglesas e francesas em 1916 e 1920 respectivamente. As primeiras capas mostravam um compromisso com os movimentos de arte contemporânea. Mas só a partir de 1950, fotos coloridas, dos últimos lançamentos da alta costura, substituíram os antigos segmentos da revista.

174 Qual a origem da palavra **assassino**?

A palavra vem do árabe ASHOHASHIN, nome dado aos fumantes de haxixe, alguns deles integrantes de uma seita, matavam a quem seu chefe os indicasse, quando embriagados dessa droga. Daí a palavra passou a significar homicida, assassino.

Você sabe a origem do nome **Toyota**? 175

O nome da empresa foi lançado pelo inventor japonês Sakichi Toyoda. Quando passou para seu filho, Kiichiro, a patente de um tear automático que criara para uma tecelagem inglesa nos anos trinta, Kiichiro, que estava construindo um motor de carros, resolveu, juntamente com a supersticiosa família, mudar o nome de Toyoda para Toyota. Como em japonês Toyoda requer dez caracteres e Toyota, apenas oito — número de sorte para os japoneses —, este último foi adotado.

Por que os **cozinheiros** usam chapéus altos e brancos? 176

Desde a Idade Média a maior parte dos trabalhadores usava trajes especiais para identificar sua profissão. Na França, os cozinheiros tinham tanta importância que recebiam um título: *officiel de bouche* (oficial da boca), uma patente militar. A altura do chapéu dava uma conotação hierárquica ao cargo. O mais alto era do chefe, e assim por diante, até o boné do simples auxiliar. A cor branca, claro, para demonstrar limpeza, higiene.

Por que a garrafa de **champanhe** tem uma reentrância no fundo? 177

Além da concavidade facilitar segurar a garrafa de uma maneira elegante quando se serve champanhe, a função primária é de impedir a formação excessiva de bolhas de gás. Com um fundo plano, as bolhas teriam uma superfície maior para se formar e acabariam subindo mais rapidamente à boca da garrafa, causando assim a perda de gás do champanhe. Já em uma superfície interna côncava, a formação de bolhas é bem menor, limitada a um pequeno ponto apical.

178 Como surgiu o Impressionismo?

O termo "Impressionismo" surgiu a partir do quadro de Claude Monet *Impressão, sol Nascente* exibido no Salon de Refusés, em 1874, juntamente com Camille Pissaro, Alfred Sisley, Auguste Renoir, Berthe Morisot, etc.

Os críticos atacaram as obras, indignados com a informalidade das pinceladas coloridas, sendo as telas descritas como obras inacabadas por Loris Leroy, um jornalista conceituado na época.

O quadro de Monet foi classificado como "apenas uma impressão". Os artistas adotaram a palavra, dando nome ao grupo.

179 Por que enjoamos em alto-mar?

Porque em alto-mar o contínuo sobe e desce do barco altera o equilíbrio do corpo. O modo como o corpo está posicionado em relação à força da gravidade e a maneira como se move são dois aspectos detectados pelo ouvido interno, responsável pelo equilíbrio. O ouvido interno é conhecido por labirinto, por ser um conjunto de canais e cavidades com a forma de um labirinto. Estes canais possuem fluidos e "sensores" que detectam alterações no movimento do corpo e enviam sinais, ativando o Sistema Nervoso Autônomo, que não depende do controle voluntário, mas é responsável por suas reações: tontura, enjôos e vômitos.

Você sabia que **Van Gogh** não decepou totalmente sua orelha? 180

O pintor deu os primeiros sinais de instabilidade mental em 1888, quando ele e Gauguin compartilhavam a mesma casa em Arles. Certa noite, Van Gogh ameaçou Gauguin (que prudentemente mudou-se para um hotel), descontrolou-se e seccionou uma parte do lóbulo de sua orelha esquerda e o deu a Raquel, uma prostituta local. Foi levado para o hospital sofrendo de alucinações e hemorragia. O franco declínio mental de Van Gogh começou com a automutilação e acabou com sua fatal autodestruição.

Como funciona um **piano**? 181

A parte interna de um piano contém um mecanismo com mais de seis mil peças. Cada tecla do teclado aciona um martelo revestido de feltro que bate numa corda de aço, produzindo o som. O piano foi inventado em 1698 pelo italiano Cristofori. O nome originalmente era pianoforte (do italiano) que significa "que se pode tocar devagar" (piano) e "depressa" (forte).

182 Qual a origem do **bumerangue**?

Surgiu como uma das mais antigas e peculiares armas já desenvolvidas pelo homem. Embora não passasse de um pedaço de madeira escavada e arqueada, o bumerangue intrigou a ciência durante anos. Ninguém parecia capaz de explicar o porquê de seu comportamento quando atirado ao ar. Era usado para matar pássaros e até cortar pequenos animais ao meio, quando arremessado pelos aborígines da Austrália, norte da África, sul da Índia e índios Hopi do Arizona.

O que é uma "instalação" como forma de arte? (183)

É um gênero artístico surgido na década de 1960, que ocupa e transfigura o espaço real de um ambiente fechado (sala, galeria, estação, etc.) ou aberto (uma praia por exemplo). Anticomercial e efêmero, reage contra a noção de obra única e incorpora recursos de outras artes, como a arquitetura, a escultura, a música, etc.

Exige a participação ativa do público (que deixa de ser mero espectador para se tornar agente) e se dirige a todos os sentidos, não apenas ao olhar. No Brasil, Hélio Oiticica fez a primeira instalação (ou, como era então chamada, ambiente) já em 1966.

Quem inventou a banheira? (184)

Foi um austríaco chamado Michael Kohler que, em 1872, criou originalmente uma banheira de ferro para limpar e lavar as peles dos porcos. Com o tempo ele observou que os colonos e seus familiares se utilizavam da banheira para tomar banho. Em 1882, adicionou os tradicionais pés de ferro à banheira, dando então o aspecto definitivo ao seu invento.

Por que se diz amor platônico? (185)

Inspirado na filosofia de Platão, o amor platônico significa a busca de um amor idealizado, espiritualizado, que se aproxima da verdade absoluta. A partir daí, o amor é visto de forma distante, muitas vezes sem que o ser amado tenha sequer conhecimento de sua situação. O desejo fica então aplacado, à luz da razão.

186 Como surgiu o nome **Häagen-Dasz**?

A Companhia Häagen-Dasz foi fundada em 1961 nos Estados Unidos. Cresceu em pouco tempo quase sem fazer propaganda devido ao sabor inigualável de seus sorvetes.

O nome Häagen-Dasz é na verdade uma marca de fantasia. Na época os sorvetes dinamarqueses eram famosos por sua qualidade. Daí veio a idéia de se criar um nome que soasse "dinamarquês" para ajudar a vender um sorvete norte-americano. E funcionou!

187 Como os **grilos** conseguem "cantar"?

Os grilos não cantam com a boca nem com a garganta. O alto e sonoro chiado produzido pelos grilos é o resultado da fricção de uma de suas pernas traseiras (como um arco) contra uma de suas asas. Só os grilos machos emitem este som, que se destina a atrair as fêmeas.

188 Por que os **bombeiros** quase não trabalham na Bolívia?

Porque La Paz é praticamente uma cidade à prova de fogo: situada a 3.631 metros acima do nível do mar, tem nessa altitude o ar tão rarefeito que quase não contém oxigênio para manter as chamas de um incêndio ardendo por muito tempo.

Por que o **azul** é associado a meninos e o **rosa** a meninas? 189

Antigamente acreditava-se que os espíritos maus pairavam sobre o quarto das crianças e que determinadas cores tinham o poder de combater o mal. O azul era considerado a cor mais poderosa, possivelmente pela associação com o céu e, conseqüentemente, com os espíritos celestes. Uma vez que os meninos eram o recurso natural mais valioso para seus pais, a vestimenta azul era uma forma econômica de se assegurarem.

Aparentemente os maus espíritos não se incomodavam com as meninas. As meninas não só não se vestiam de azul como também não eram associadas a cor alguma. Séculos mais tarde, a associação com a cor rosa se deve a uma lenda européia que dizia que as meninas nasciam dentro de rosas, cor-de-rosa.

De onde vem a palavra **estresse**? 190

A palavra estresse, do latim, através do inglês *stress*, refere-se a um termo de física que significa "desgaste de materiais submetidos a excesso de tensão". Esse termo foi introduzido na área médica por um fisiologista austríaco, ao perceber que, quando um indivíduo sofria tensão física e emocional constante, apresentava sinais de desgaste bastante típicos.

O estresse, reação orgânica a fatores físicos, químicos e emocionais, não é em si uma doença, mas pode predispor o organismo a doenças graves, causando sintomas como insônia, perturbações gástricas, dores no corpo, cansaço, etc. Portanto tome conta de seu corpo, que é o seu maior patrimônio.

191 Por que algumas pessoas **rangem** os dentes enquanto dormem?

Esta condição tem o nome de bruxismo (do grego, *brychein*, ranger os dentes). Durante o sono, o cérebro envia estímulos para a musculatura facial que fazem o dorminhoco tenso contrair as mandíbulas e atritar os dentes. Esse fato geralmente decorre de um distúrbio nervoso, não grave, resultante de estresse ou tensão. O bruxismo também pode ser resultado de problemas fisiológicos, como encaixe incorreto entre as arcadas superior e inferior, capaz de desencadear uma reação neuromuscular. Em casos muito graves, o ato de ranger pode trincar ou até quebrar os dentes.

A ortodontia resolve o problema revestindo os dentes com uma placa de silicone, para evitar o atrito.

192 Por que as notas musicais são chamadas de **dó ré mi fá sol lá si dó**?

Guido D'Arezzo era um teórico musical e monge beneditino que viveu na Itália de 995 a 1050 d.C. D'Arezzo percebeu que alguns estudantes tinham dificuldade de aprender as notas musicais e resolveu dar nome a elas. Usou as primeiras sílabas da primeira parte de um hino latino para São João, numa escala ascendente.

As sete linhas eram:

UT queant laxis
REsonare fibris
MIra gestorum
FAmuli tuorum
SOLve polluti
LAbii reatum
Sancte Iohannes

No século XVII UT foi mudado para DÓ deixando a escala mais fácil para ser cantada. Mais tarde outro DÓ foi adicionado no final para compor uma oitava.

Por que uma resposta curta é chamada de **lacônica**? 193

Filipe, da Macedônia (norte da Grécia), queria unir todos os povos gregos sob seu domínio. Armou então um poderoso exército e partiu para a conquista de outros territórios, onde se fez aclamar rei. Esparta, porém, resistiu. Os espartanos ocupavam a região sul da Grécia, chamada Lacônia. Filipe cercou as fronteiras da Lacônia e enviou uma mensagem aos espartanos.

— Se não se renderem imediatamente, invadirei suas terras. Se meus exércitos as invadirem, pilharão e queimarão tudo o que vocês mais prezam. Se eu marchar sobre a Lacônia, arrasarei sua cidade.

Alguns dias depois Filipe recebeu a resposta. Abriu a carta e encontrou somente uma palavra escrita:

— "Se".

Daí a denominação de lacônica a respostas secas e curtas.

194 Você sabia que a **tuberculose** não afeta só os pulmões?

Contrariamente à crença popular, a tuberculose é uma doença que pode afetar qualquer outro órgão, tornando-o um foco infeccioso. Especialmente porque a doença é geralmente adquirida por inalação ou ingestão de material infectado, o pulmão é o órgão mais provável de ser comprometido pela tuberculose.

195 Você sabe por que se diz "**Maria vai com as outras**"?

Porque D. Maria I, mãe de D. João VI, foi considerada incapaz de governar, sendo afastada em 1792, acometida por controversos males mentais. Passou a viver recolhida e era vista apenas quando saía para passear a pé. Devido a seu estado, D. Maria I jamais ia só, saía com suas inúmeras damas de companhia.

O povo, quando via D. Maria I levada pelas damas, comentava: lá vai D. Maria com as outras.

Você sabe o que são gárgulas? 196

Gárgulas são aqueles monstros em formas de pássaros ou figuras grotescas que cuspiam água nos cantos dos telhados das igrejas construídas no período da arquitetura gótica. Na verdade, as gárgulas eram esculpidas para esconder um cano que escoava água dos telhados para longe das paredes, a fim de que não escoassem por elas. As mais famosas são as da Catedral de Notre Dame, em Paris. A cara feia, segundo a crença dos artistas da época, espantava os maus espíritos.

Qual a origem da palavra gravata? 197

Gravata vem do francês "cravate", derivação de "croate". Tratase de uma alusão à tira de pano amarrada no pescoço, usada pelos soldados croatas que integravam o regimento de mercenários do exército francês no século XVII.

Por que a fumaça do cigarro sobe reta e depois se espalha? 198

Porque o ar é mais frio. Ao deixar a brasa do cigarro, a fumaça está muito quente, mais leve que o ar ambiente e sobe mais rapidamente, na trajetória mais curta, a retilínea. Em contato com o ar, se resfria até que sua temperatura se iguala à do ambiente e passa a se difundir de maneira circular.

199 Por que as baratas sempre morrem de costas?

Quando a barata começa a agonizar, suas pernas se enrijecem desordenadamente, desequilibrando a barata, que tomba lateralmente. Por possuírem um corpo achatado com laterais estreitas, no momento em que tombam, elas rolam e viram de costas. Pura física. Baratas muito grandes, com centro de gravidade mais baixo, podem eventualmente morrer de "cara para baixo".

Por que a **água do mar** é mais quente de noite que de dia? 200

Por suas propriedades físico-químicas muito particulares, a água do mar tem a capacidade de absorver o calor irradiado pelo sol muito lentamente, sem provocar grandes mudanças em sua própria temperatura. Com a chegada da noite e a cessação da fonte de aquecimento, a água começa a liberar a energia absorvida em forma de calor, dada a sua alta condutividade térmica, ajudando a manter o equilíbrio térmico atmosférico e moderando o clima. Por isso os banhos de mar noturnos são tão gostosos.

Por que nunca se comem **ovos de perua**? 201

Já que se comem ovos de galinha, pata, codorna, o que há de errado em se comer ovo de perua? Afinal são aves domesticadas e botam quase o dobro de ovos que as galinhas. A razão é simples: os ovos de perua, por possuírem bem menos teor de água que os de galinha, se tornam um tanto borrachudos quando expostos ao calor e, assim, não são saborosos.

Você sabia que a **vodca** não é feita de batatas? 202

A vodca pode ser feita a partir de qualquer cereal ou verdura. Costumava-se fazer vodca de batata, mas somente porque esses tubérculos eram acessíveis aos russos, séculos atrás. Hoje em dia, toda boa vodca é produzida de cereais.

203 Quem inventou o **silk screen**?

Silk Screen é a técnica mais versátil de impressão, permitindo grandes tiragens em diferentes superfícies. As primeiras telas foram feitas na China e Japão, séculos atrás, numa primitiva técnica de estampa através de telas feitas com longos fios de cabelos de mulher e recorte de papel. Séculos mais tarde, as telas passaram a ser de organdi, substituído em seguida pela seda natural, que originou o nome, seguida de náilon, telas metálicas e hoje de poliéster.

204 Qual a cor da "**caixa preta**" dos aviões?

É vermelha. A "caixa preta", que registra todas as ocorrências com o avião e é usada para identificar as causas dos acidentes, é vermelha para facilitar sua busca entre os escombros.

205 Qual a origem do nome **Audi**?

O carro produzido pela firma do alemão August Horch, fundador da Horch-Werke, tinha o nome de "Horch" originalmente. August Horch perdeu o controle legal da firma e se viu impedido de dar seu nome a outro carro. Engenhosamente, ele traduziu seu nome para o latim, com "audi" no significado de "ouça!", como "horch" em alemão. Em 1931, a empresa foi adquirida pela DKW e, em 1971, passou para o controle da Volkswagen.

Por que ninguém fica indiferente a um gato? 206

O gato é historicamente provocador de opiniões antagônicas. No Japão é um animal de mau agouro. No Budismo e na Cabala, é associado à serpente, tão ambivalente quanto o gato. No Egito venerava-se o gato doméstico, jeitoso e útil, como animal sagrado da deusa Bastet, a protetora do lar, das mães e das crianças. Na Idade Média, consideravam-se os gatos animais de bruxas, sendo o macho preto, em especial, símbolo do diabo; a superstição cria nele, portanto, um causador de desgraças.

Por que as aranhas não ficam presas nas próprias teias? 207

Porque elas sabem por quais fios andar. Os fios são diferentes: há os pegajosos e os não pegajosos, que as vítimas não sabem distinguir.

208 Por que a **ferradura** é considerada um amuleto da sorte?

De acordo com a lenda de São Dunstan, ferreiro inglês por profissão, ele recebeu a visita de um homem que lhe pediu que colocasse ferraduras em seus próprios pés, suspeitosamente fendidos. Dunstan reconheceu imediatamente seu freguês como Satã e explicou-lhe que, para executar o serviço, teria que algemá-lo à parede. O santo deliberadamente fez com que o serviço fosse tão excruciantemente doloroso que o diabo teve que pedir clemência. O santo só o soltou depois que ele jurasse solenemente que nunca mais entraria numa casa que apresentasse uma ferradura acima da porta.

Como funciona a "luz negra"? 209

A "luz negra", vedete na "noite" que pode ser observada em boates, casas de *show*, etc., emite na realidade um pouco de luz violeta e uma grande porcentagem de raios ultravioleta invisíveis ao olho humano. Quando esses raios incidem em materiais fotoluminescentes (que absorvem os raios), eles devolvem ao ambiente raios com freqüências menores, causando efeitos luminosos como as camisetas brancas "fluorescentes" vistas nas pistas de dança.

O que é um kremlin? 210

Há mais de um kremlin na Rússia. Um "kremlin" é, na verdade, um forte medieval, construído sempre em pontos estratégicos nas antigas cidades russas. O Kremlin em Moscou, como sede do governo russo, é o maior e mais famoso de muitos kremlins.

O que é um buraco negro? 211

De forma muito simplificada, um buraco negro é uma região do espaço que contém tanta massa concentrada que nenhum objeto consegue escapar de sua atração gravitacional.

Tentando explicar: uma estrela pode brilhar constantemente durante cerca de dez bilhões de anos, e depois começa a esfriar e a desaparecer lentamente.

Os pesquisadores mostraram que, quando atinge determinado raio crítico, cerca de três quilômetros, e uma massa aproximadamente duas vezes e meia a do sol, a estrela perde a capacidade de sustentar o encolhimento devido à sua própria atração gravitacional. Começa a "roubar" matéria de corpos celestes mais próximos (inclusive a luz) e desmorona para dentro de si e se consome, tornando-se então um buraco negro. Se existem buracos negros ou não, ninguém sabe ao certo, segundo algumas correntes são apenas teorias.

212 Por que fechamos os olhos ao espirrarmos?

O reflexo do espirro, fenômeno protetor, desobstrui o nariz e a cabeça, e injeta oxigênio nas células do corpo, provocando o mesmo efeito fisiológico de cheirar rapé. Quando a pessoa espirra, todas as funções corporais cessam. Coloca-se o corpo sob uma tremenda tensão quando se espirra, especialmente os olhos.

213 Qual a origem do nome Vaticano?

Vaticanus é o nome latino de uma das sete colinas de Roma, onde está situado este microestado, cujo nome oficial é Santa Sé.

Outra versão é de que o nome Vaticano seria derivado de Vaticinia (oráculos), porque os adivinhos se instalavam ali, dando consultas aos romanos.

Qual a origem do velcro? 214

O velcro foi inventado na Suíça no final dos anos 50 por Georges de Mestral. O nome é composto de "velours" (veludo — o lado macio) e "croché" (enganchado — a parte que contém os microganchos).

Você sabe como surgiu o logotipo da Apple? 215

A companhia americana Apple foi a primeira firma de computadores a não utilizar seu nome como identidade empresarial. O nome e a imagem da maçã foram concebidos por Steve Jobs e seus colegas e faz referência à história de Adão e Eva, na qual a maçã mordida representa o fruto da árvore do conhecimento.

Por que alguns insetos andam sobre a água? 216

Porque são muito leves, têm suas pernas terminadas por pêlos recobertos de uma substância gordurosa e possuem geralmente pernas afastadas, o que ajuda o equilíbrio sobre a água que, graças à tensão superficial, sustenta o inseto.

217 Por que, em algumas fotografias tiradas com **flash**, a pupila fica avermelhada?

Porque o olho humano é como uma câmara escura com um orifício, a pupila. Normalmente a luminosidade é maior fora do que dentro do olho, por isso enxergamos a pupila preta. Quando a pupila é submetida a uma luz intensa como a do flash, o vermelho que se vê é o resultado do reflexo da luz nos vasos sangüíneos que irrigam intensamente a retina, situada no fundo do olho.

218 Qual a história do carro **Lamborghini**?

Quando o "rei do trator", Ferrucio Lamborghini, teve problemas com sua Ferrari, foi direto ao alto escalão para se queixar. Enzo Ferrari recusou-se a recebê-lo, e Lamborghini jurou que iria construir um carro melhor e que levaria o seu nome. Assim nasceu a lenda do Lamborghini. O Miura atingia até 282 km/h, uma altíssima velocidade que combinava a aparência vigorosa do carro, todo futurista, com linhas baixas e curvas. Ao ser lançado na Feira do Carro de Genebra em 1966, foi considerado a sensação da década.

219 Saiba como a história tratou esta eterna tentativa de escolha: **menino** ou **menina**?

Desde que começou a tentar controlar seu destino e o ambiente que o cerca, o homem vem tentando predizer e escolher o sexo de seus filhos.

Reis foram depostos, rainhas perderam a vida e esposas foram repudiadas por não terem gerado crianças do sexo desejado. Através dos séculos, inúmeros bebês foram mortos e milhares de crianças sofreram graves tormentos mentais pelo crime de não terem nascido com o sexo que se esperava.

Os gregos, que foram os primeiros a tentar uma visão científica do fenômeno, deram origem à teoria do lado esquerdo e lado direito. Acreditavam que os testículos eram os responsáveis pela determinação do sexo da criança: o da direita produzia meninos, e o da esquerda, meninas. E passaram a amarrar o testículo que produziria o sexo não desejado para o filho. Como isto não deu certo, desenvolveram outra teoria: a mulher teria dois úteros, o da direita seria responsável pelos meninos e o da esquerda pelas meninas. Posições sexuais complicadas e estranhas eram usadas nestas tentativas: manter relações sexuais debaixo da lua cheia, tomar beberagens terríveis de sangue de animais, rezar e fazer sacrifícios aos deuses.

Somente neste século ficou estabelecido que uma vasta união de fatores determinaria a já conhecida chance de 50% para cada sexo.

Qual a origem da marca **Nike**? 220

A Nike era originalmente chamada de "Blue Ribbon Sports" por seus fundadores. Posteriormente, o nome foi mudado para Nike, deusa grega da vitória, nome bastante apropriado para uma marca de calçados de corrida.

O logotipo da Nike é o caso clássico da empresa que gradualmente simplifica sua identidade corporativa na medida em que sua fama aumenta. O primeiro logotipo apareceu em 1971, quando a palavra NIKE foi impressa em laranja sobre um visto de checagem, um sinal de positivo, de devidamente checado. Este visto se tornou a marca símbolo, desde então, em seus artigos esportivos. Hoje em dia, essa marca é tão facilmente identificada que o próprio nome da empresa se tornou supérfluo. O logotipo passou a ser marca registrada em 1995.

221 Qual a maneira correta de se comer caviar?

De colher. São muitas as razões do oneroso preço do caviar. Várias operações são feitas desde a retirada das ovas do esturjão, até que o caviar chegue a você. Desde complicado processo, a idéia final é sempre de que os ovinhos cheguem inteiros em sua boca, para que você os estoure e saboreie. Se os ovos já estiverem quebrados pela pressão de uma faca, o ponto alto de se comer caviar terá ocorrido na torrada, não em sua boca.

222 Você conhece as leis de Murphy?

Por conta de suas leis, popularizou-se a expressão "Lei de Murphy" para caracterizar eventos que acabam tendo desdobramentos negativos que não precisariam necessariamente acontecer. Por exemplo, a torrada cair no chão com o lado da manteiga voltado para baixo; a fila de trânsito em que está seu carro não anda, mas a vizinha anda, e se você trocar a fila, a sua fila parará, e assim por diante.

Algumas Leis de Murphy:

"Em um projeto, se puder acontecer uma única coisa errada, essa coisa acontece."

"Deixadas a si próprias, as coisas sempre vão do ruim para o pior."

"Se há alguma possibilidade de que várias coisas não dêem certo, aquela única coisa que não dará certo é a que causará o maior prejuízo."

"A natureza sempre toma o partido dos defeitos ocultos."

"Se tudo parece andar bem, obviamente algo passou despercebido."

Finalmente, o cachorro-quente. Qual é a origem desta curiosa expressão?

O sanduíche foi inventado antes do nome. A idéia de servir pão com salsicha quente nos dias mais frios foi do responsável pelo bar do Polo Grounds em Nova York, que era no início do século o mais importante estádio de Baisebol dos Estados Unidos. Um cartunista da época, T. A. Dorgan, aproveitou para fazer uma charge irônica: um cachorro bassê freqüentando o esnobe Polo Grounds. O nome *hot dog* pegou, e o sanduíche universalizou-se já devidamente batizado.

Bibliografia

How a Fly Walks Upside Down... and Other Curious Facts, Martin M. Goldwyn, Citadel Press, 1989.

How Do They Do That. Caroline Sutton, Hilltown Press, 1981.

How Does an Aspirin Find a Headache?. David Feldman, Harper Perennial, 1994.

Imponderables. David Feldman, Quill, 1987.

Kitchen Science. Howard Hillman, Houghton Co., 1989.

Myth Information. J. Allen Varasdi, Ballatine Books, 1989.

The Book of Totally Useless Information. Don Voorhees, Citadel Press, 1993.

Microsoft Encarta 97.

The Handy Science Answer Book, compilação do Departamento de Ciência e Tecnologia da Biblioteca Carnegie, de Pittsburgh.

Extraordinary Origins of Everyday Things. Charles Panati, Harper Perennial.

More How Do They Do That. Caroline Sutton/Kevin Markey, Quill.

When Did Wild Poodles Roam the Earth?. David Feldman, Harper Collins Publ., 1992.

Chemistry. Moeller, Bailar, Kleinberg, Guss, Castellion, Metz, Academic Press, 1980.

European Atlas. Passport Books, 1985.

By Any Other Name. Michael Shook, Prentice Hall, 1994.

Trade Name Origins. Adrian Room, NTC Publishing Group, 1982.

Novo Dicionário da Língua Portuguesa. Aurélio Buarque de Holanda, Nova Fronteira, 1ª ed.

Saúde. Dr. Carlos Alberto Pastore, Editora FTD S.A., 1998.

Nomina Gentium. Sergio Bath, Editora UnB, 1997.

O Dinheiro. Cristina Von, Callis Editora, 1998.

Lendas e Tradições das Américas. Marcus Claudio Acquaviva, Hermus Editora Limitada, 2ª edição.

Dicionário de Português — Schifaizfavoire. Mário Prata, 10ª edição, editora Globo, 1993.

Dicionário de Símbolos. Herder Lexikon, Cultrix.

Gostos Adquiridos. Peter Mayle, Rocco, Rio de Janeiro, 1996.

A Comunicação Global. Dr. Lair Ribeiro, Editora Rosa dos Ventos.

Who Put Butter in Butterfly?. David Feldman, Harper & Row Publishers, Nova York.

When Do Fish Sleep?. David Feldman, Harper & Row Publishers, Nova York.

The Big Book of Tell me Why. Arkady Leokum, Ed. Barnes & Noble. Nova York, 1989.

More Big Book of Tell me Why. Arkady Leokum, Ed. Barnes & Noble. Nova York, 1996.

Questions & Answers about Science and Technology. Kingfisher Publications, 1998, Londres.

Questions and Answers about Ancient World. Kingfisher Publications, Londres, 1998.

O livro das virtudes. William J. Bennett, Editora Nova Fronteira, 1993.

The Look of the Century.; Michael Tambini, Dk Publishing Book, Nova York, 1996.

CHIC — Um Guia Básico de Moda e Estilo. Glória Kalil, Editora Senac, São Paulo, 1997.

Um cientista na cozinha. Herve This, 3ª edição, Editora Ática, 1998.

Dicionário Etimológico. Antônio Geraldo da Cunha, Editora Nova Fronteira, 10ª edição, 1998.

Dicionário Escolar do Corpo Humano. David Burnie, Editora Civilização, Portugal, 1996.

História do Brasil. Pedro Calmon, Livraria José Olympio Editora.

Enciclopédias *Britânica, Larousse Cultural, Barsa, Abril, Help*.

Revistas *República, Bravo! Super-interessante, Veja, Zá, Você, Galileu, Placar, Quatro Rodas, Ícaro, Exame, Time, Terra, Viagem, Made in Japan, Revista Pão de Açúcar, Ponte Aérea, Gula, Cult, Marketing, Veja Kid+, Pais e Filhos, Atelier do Bonsai.*

Jornais. *O Estado de S. Paulo, Jornal da Tarde, Folha de S. Paulo.*

Almanaque Abril 1998.

Novo Dicionário da Língua Portuguesa. Aurélio Buarque de Holanda, Ed. Nova Fronteira, 1ª edição.

Pequeno Dicionário de Gastronomia. Maria Lucia Gomensoro. Editora Objetiva Ltda., 1999.

De onde vêm as palavras. Deonísio da Silva. Editora Mandarim, São Paulo, 1997.

Este livro foi composto na tipologia Utopia
em corpo 11/17 e impresso em papel Offset
90g/m² no Sistema Cameron da Divisão
Gráfica da Distribuidora Record.